# 위대한 항해 3

2023년 6월 15일 초판 1쇄 인쇄
2023년 6월 20일 초판 1쇄 발행

**지은이** 이윤규
**발행인** 강준규

**기획** 이기헌 왕소현 임동관 박경무 강민구 조익현
**책임편집** 최전경
**마케팅지원** 이원선

**발행처** (주)로크미디어
**출판등록** 2003년 3월 24일
**주소** 서울시 마포구 마포대로 45 일진빌딩 6층
Tel (02)3273-5135 **Fax** (02)3273-5134
**홈페이지** rokmedia.com  **E-mail** rokmedia@empas.com

© 이윤규, 2023

값 9,000원

ISBN 979-11-408-1032-1 (3권)
ISBN 979-11-408-1029-1 04810 (세트)

# 위대한 항해

이윤규 대체역사 소설 ③

❀ 때려잡다

# CONTENTS

1장

　육모가 양반의 등짝을 후려쳤다.

　퍽!

　"으악! 사람 살려! 쌍놈이 양반을 팬다!"

　한 대 맞은 양반이 땅바닥을 휘저으며 죽는 소리를 냈다. 그로 인해 혜민서 앞이 어수선해지면서 자연스럽게 사람이 몰렸다.

　이때 혜민서에서 대진을 비롯한 몇 사람이 나왔다. 이들은 궁내부 관리들로, 천연두를 접종하는 날이었기에 왕명을 받고 나와 있었다.

　그들 중 한 명이 나섰다.

　"대체 무슨 일이더냐?"

경찰이 빠르게 상황을 보고했다. 그러자 누워서 악을 쓰던 양반이 벌떡 일어나서는 궁내부 관리에게 다가가 알은척을 했다.

"아이고, 박 형. 나 좀 도와주시오."

"아니, 그대는 홍 형이 아니오?"

"그렇습니다. 저 홍종식이외다."

"그런데 홍 형이 아침부터 여기서 무슨 일을 벌이고 있는 거요?"

홍종식이 자신의 입장에서 상황을 설명했다. 궁내부 관리의 안면이 대번에 일그러졌다.

"지금 양반이라고 줄도 서지 않고 무작정 강짜를 부리고 있다는 거요?"

홍종식의 안색도 굳어졌다.

"아니, 박 형. 내가 저 천한 놈에게 치도곤까지 당했소이다. 그런데 저놈을 징치하기는커녕 지금 나를 몰아세우고 있는 거요?"

궁내부 관리는 기가 막혔다.

"이보시오, 홍 형. 지금 자신의 잘못을 시인하기는커녕 오히려 나를 추궁하는 거요?"

홍종식이 적반하장으로 나왔다.

"아니, 지금, 박 형이 양반인 내가 아니라 저 천한 상놈을 편들어 주는 겁니까?"

궁내부 관리의 안색이 더 굳어졌다. 그는 병원 앞에 세워져 있는 포고문을 손으로 가리켰다.

"저 포고문이 왕명이란 사실을 모르시오?"

홍종식의 안색이 급변했다.

"왕명이라고요?"

"그렇소. 포고문에는 접종받으려면 신분 고하 이유 여하를 막론하고 줄을 서야 한다고 되어 있소. 만일 이를 어기면 국법에 따라 엄히 징치하라고 되어 있소이다!"

그 말에 홍종식이 바로 꼬리를 내렸다.

"아니, 나는 그런 일이 있는 줄도 모르고……."

궁내부 관리가 경찰을 바라봤다.

"너는 포고문을 고지했느냐?"

"예, 저는 분명히 고지했습니다. 그리고 지시에 따르지 않으면 공무집행방해죄로 처벌받는다고도 고지했고요."

"그런데도 이런 사달이 일어났다는 거냐?"

"저분은 제 지시에 불응은 물론 온갖 욕설까지 퍼부었습니다. 그래서 제가 모욕죄도 추가된다고 경고했더니 외려 욕을 하면서 다짜고짜 제 멱살을 잡으려고 했습니다."

홍종식이 변명했다.

"아니 그건, 네가 내 말을 듣지도 않고 또박또박 대꾸를 해서 그렇잖아. 처음부터 내 말대로 했다면 아무 일도 없었다."

뒤에서 듣고 있던 대진은 그의 반응이 너무도 어이가 없었다.

홍종식이 너무도 뻔뻔하게 궤변을 늘어놓고 있었다. 그래서 가만히 듣고 있으려다가 못 참고 나섰다.

"그대는 지금 경찰이 잘못해서 이런 일이 벌어졌다는 거요?"

홍종식이 움찔했다.

대진은 마군의 군복이 아닌 새로운 군복을 착용하고 있었다. 그럼에도 보통보다 머리 하나는 더 크고 인상도 달라서 마군임을 한눈에 알아봤다.

홍종식이 대번에 조심스러워했다.

"그, 그대는 누구기에 참견을 하는 거요?"

대진은 기가 찼다.

"잘못했다 안 했다만 말하면 되지, 내 신분은 뭐 때문에 알려 하는 거요?"

"아니, 내가 잘못한 것은 없지만 그래도……."

홍종식이 또다시 말도 안 되는 궤변을 늘어놓으려고 했다. 궁내부 관리가 안면을 와락 일그러트리며 호통쳤다.

"이보시오! 홍 형! 정신 차리시오. 이분이 어떤 분인데 이렇게 계속해서 인면수심의 말을 계속하는 거요? 정녕 그대 때문에 남양(南陽) 홍문이 거덜이 나도 좋다는 거요?"

홍종식의 안색이 하얗게 질렸다. 그러나 그는 다시 가문의 위세를 믿고 소리쳤다.

"무슨 말씀이오? 대체 저분이 누구기에 우리 집안을 운운하는 거요? 아무리 내가 백면서생이라지만 어찌 감히 박 형이 우리 집안을 들먹이는 겁니까? 당장 사과하시오?"

궁내부 관리가 어이없는 표정을 지었다. 그가 다시 무슨 말을 하려 하자 대진이 한발 나섰다. 그것을 본 홍종식이 주춤 물러났다.

"아니, 왜 이러시오?"

"경찰관."

"예, 나리."

"이 사람이 무슨 죄를 저질렀습니까?"

"경찰관의 정당한 공무수행을 방해했습니다. 그리고 공개된 자리에서 공무원을 모욕했고요. 그뿐이 아니라 주민들을 선동해서 공공의 안녕과 질서유지를 깨트리려고 했습니다."

대진이 감탄했다.

"대단하다. 일선 경찰관이 이렇게 조목조목 죄목을 나열할 줄은 몰랐다. 귀관과 같은 경찰이 많을수록 조선의 백성들의 삶은 더한층 편해질 것이다."

"감사합니다."

"나는 주상 전하와 국태공 저하를 모시고 있는 특별보좌관이다. 그런 나의 직권으로 명령한다. 경찰관의 공무수행을 방해하고, 국법을 무시한 저자를 당장 체포해서 본서로 압송하라."

경찰관이 몸을 떨었다.

한양에서 대진에 대한 소문을 듣지 않은 사람이 없다. 그런 대진이 자신을 칭찬하면서 법을 집행하라고 명령했다.

경찰관의 목소리가 하늘을 찔렀다.

"예, 알겠습니다."

경찰관이 몸을 돌렸다.

그런 그의 손에는 포승줄이 들려 있었다. 그것을 본 홍종식이 주춤거리면 물러섰다.

"다가오지 마라. 우리 숙부님이 두 번이나 영의정을 역임하시고 이번에 또 수상이 되신 홍순목 대감이시다."

홍순목이 거론되자 경찰관이 주춤했다. 그것을 본 홍종식의 목소리가 높아졌다.

"잘 생각했다. 지금이라도 나를 보내 준다면 이제까지의 일은 불문에 붙이겠다."

경찰관의 눈빛이 크게 흔들렸다. 그런 경찰관을 본 홍종식의 턱이 하늘로 치솟았다.

바로 이때.

대진의 추상같은 호통이 날아왔다.

"귀관은 죄인을 당장 체포하지 않고 무엇을 하는 거냐? 법을 집행할 때에는 지위 고하를 막론하고 엄중해야 한다는 교육을 받지 못한 것이냐!"

대진의 호통에 경찰관이 화들짝 놀랐다. 그런 경찰관은 그대로 달려가 홍종식을 제압해서는 포승줄로 몸을 묶었다.

홍종식이 크게 반발하려 했다. 그러나 다가온 대진과 눈이 마주치는 순간 입이 붙어 버렸다.

"홍 수상께서는 국가 개혁을 위해 밤을 낮 삼아 일을 하신다. 그런 대감의 공적을 조카라는 자가 이렇게 갚아먹는구나. 만일 홍 수상께서 이 일을 아신다면 얼마나 부끄러워하실지 눈에 선하구나."

기고만장했던 홍종식의 고개가 처음으로 숙여졌다. 그러나 대진의 질책은 끝나지 않았다.

"너를 보니 경화사족들이 그동안 집안의 권세를 믿고 얼마나 호가호위했는지 알겠다. 잘 들어라! 이번에 제정된 형법에는 너 같은 자들을 가려서 가중처벌하는 규정이 있다. 아무래도 그 규정의 첫 번째 처벌자가 네가 될 것 같으니 기대해라, 그 법이 얼마나 무서운지를."

홍종식의 안색이 하얗게 질렸다.

"죄송합니다. 제가 잘못했습니다."

"쏟아진 물은 다시 주워 담을 수 없고, 한 번 내뱉은 말은 없어지지 않는다. 경찰관."

"예, 특별보좌관님."

"저자는 죄목이 중하니 반드시 독방에 수감시키도록 하라."

"예, 알겠습니다."

"데리고 가라."

홍종식이 거듭해서 빌었다. 그러나 경찰관은 가차 없이 그를 끌고 갔다. 대진은 사정하는 홍종식을 노려보다가 냉정하게 고개를 돌렸다.

이때 의외의 일이 일어났다. 상황을 지켜보던 백성들이 순간적으로 탄성과 함께 환호한 것이다.

"와! 대단하다."

"역시 마군이야!"

"맞아! 마군은 무조건 법대로야! 정말이지, 이전이라면 감히 생각지도 못할 일을 우리가 봤어."

"그러게 말이야. 경찰관은 일개 포졸인데 포졸이 감히 홍정승의 조카를 체포했어!"

"이야, 세상 오래 살고 볼 일이다. 세상이 바뀌기는 확실히 바뀌었어. 이런 일을 내가 직접 보다니 말이야."

"이게 바로 개혁 세상이야."

"그럼요."

이때 안에서 의관이 나와 소리쳤다.

"이제 마마 예방접종을 시작할 겁니다! 그러니 백성들은 질서 있게 안으로 들어오시오!"

백성들이 크게 술렁였다.

의관이 경찰들에게 부탁했다.

"사람들이 한꺼번에 몰리면 안전사고가 날 수도 있습니다. 그러니 경찰관들께서는 질서유지에 만전을 기해 주세요."

과거였다면 하대했을 의관이 정중히 부탁했다. 정문 주변에 있던 경찰관들은 서둘러 앞으로 나가 줄 서 있는 사람들을 관리했다.

이어서 병원 정문이 활짝 열렸다.

"모두! 이 앞에 있는 줄을 따라 들어오시오!"

드디어 사람들이 안으로 이동했다.

백성들은 마음은 급했으나 질서 있게 안으로 들어갔다. 대진과 궁내부 관리들도 백성들의 이동속도에 맞춰 안으로 들어갔다.

병원 마당에는 줄로 5칸이 만들어져 있었다. 그런 줄의 끝에는 의녀와 의관이 대기하고 있었다.

의관이 먼저 설명했다.

"팔에 주사를 놓을 겁니다. 그러니 대기하고 있을 때 모두들 이렇게 옷을 먼저 걷고서 기다리세요."

의관이 먼저 시범을 보였다.

백성들이 그것을 보고 따라 했다.

"자! 한 분씩 앞으로 나오세요."

백성 한 명이 앞으로 나오니 의녀가 나섰다. 의관이 다시 설명했다.

"여기 의녀가 여러분의 팔을 소독할 겁니다. 그런 뒤 제가 주사할 거고요. 주사를 할 때 잠깐 따끔하니 그 순간만 참으면 됩니다."

이어서 의사가 약솜을 들었다.

"주사를 맞으면 의녀가 약솜을 대 줄 겁니다. 그러면 피가 멈출 때까지 솜을 떼지 마세요. 그리고 주사한 부위에 딱지가 앉을 때까지 물이 들어가선 안 됩니다. 그러니 며칠 동안 반드시 주의해야 합니다."

의관이 봉지를 들었다.

"이 안에는 10알의 알약이 들어 있습니다. 알약은 마군이 만든 해열진통제입니다. 주사를 맞고 돌아갔는데 열이 많이 나면 이 알약을 하루에 두 번 나눠 드세요. 그래도 열이 가라 앉지 않으면 바로 오셔야 합니다. 그리고 열이 나지 않고 딱 지가 떨어지면 이 해열진통제를 집에 두고 상비약으로 두었 다가 사용하면 됩니다."

누군가 질문했다.

"해열진통제라면 놔뒀다가 다른 때에 사용해도 된다는 말 씀인가요?"

"그래요. 이 알약은 마군의 도움을 받아 무상으로 나눠 주 는 겁니다. 열을 내리는 데는 특효입니다. 서양에도 없는 아 주 귀중한 해열진통제이니만큼 소중히 보관하세요."

설명을 마친 의관은 다른 의관과 의녀들을 돌아봤다.

"자! 지금부터 접종을 시작합시다."

드디어 예방접종이 시작되었다.


비슷한 시각.

전국의 도립 병원에서도 천연두 예방접종이 시작되었다. 천연두는 국왕은 물론 조선의 누구도 비껴갈 수 없는 천형과도 같은 병이다.

그런 천연두를 단 한 번의 접종으로 평생 벗어날 수 있다고 한다. 조선 백성들에게는 그야말로 복음(福音)이나 다름없었다.

첫날부터 수많은 사람이 몰려왔다.

병원을 찾은 사람들은 의원과 의녀, 그리고 경찰관의 친절에 놀랐다. 이전까지는 동네 완장만 차도 누구라도 하대했다.

그런데 놀라운 점이 더 있었다.

지금까지 조선은 철저하게 반상을 차별했다. 그러나 이번 예방접종에는 반상은 물론 지위 고하에 따른 차별이 일체 없었다.

물론 어디서나 기득권을 포기하지 않으려는 사람들은 있었다. 이런 사람들은 예외 없이 체포되어 처벌받았다.

처음에는 그로 인해 말이 많았다.

그러나 강력한 대처가 이어지면서 이내 수그러들었다. 특히 수상의 조카가 체포되어 처벌받았다는 소문이 나면서 반발조차도 수그러졌다.

그 대신 편법이 등장했다.

양반들은 노비를 보내 대신 줄을 서게 했다. 정부는 너무 강력한 제재는 오히려 반감을 불러일으킬 우려가 있었기에 이런 편법까지는 막지 않았다.

그래도 조선에서 반상 차별 없는 조치가 시행된 최초의 사례가 되었다. 그리고 백성들은 또 다른 선물인 해열진통제에 환호했다.

해열진통제는 아스피린이다.

조선에도 해열제와 진통제는 있었다. 그러나 약초를 다린 약제여서 일반 백성은 쉽게 손대지 못할 정도로 비쌌다. 더 큰 문제는 이런 약제로 만든 해열진통제의 약효가 그다지 뛰어나지 않거나 약성이 너무 강한 것이 문제였다.

아스피린은 소염제이기도 하다.

조선은 염증에 의한 병이 의외로 많다.

그중 종기(腫氣)는 국왕의 목숨까지도 앗아 갈 정도로 난치병이었다. 이런 종기도 초기에 아스피린을 복용하기만 하면 쉽게 이겨 낼 수 있다.

천연두 무상 접종에 이어 아스피린까지 무상으로 보급해 주었다. 두 가지 악병을 이겨 내게 해 준 정부와 마군에게 민심이 쏠리는 건 너무도 당연했다.

백성들의 삶에 정부 조직 개편은 별다른 영향이 없었다. 누가 수상이 되고 대신이 된다고 해서 백성들의 실생활은 크게 바뀌지 않는다.

그러나 이 조치는 달랐다.

누구도 비껴갈 수 없는 천형을 이겨 낼 수 있게 되었다. 더구나 생전 처음 보는 해열진통제를 보면서 조선의 백성들은 비로소 알게 되었다.

개혁.

그것이 시작되었다는 사실을.

그리고 그런 개혁으로 인해 자신들의 삶을 바뀌고 있는 현실을 절감하게 되었다.

그렇게 개혁은 두 가지 신약으로 인해 조선의 백성들의 삶을 파고들었다. 그러면서 개혁은 거침없는 물결이 되어 도도히 흐르기 시작했다.


개혁의 흐름이 본격화될 무렵.

송도영은 그동안 상해를 주기적으로 오가며 교역해 오고 있었다. 그런 송도영의 여정에 모처럼 대진이 합류했다.

대진이 선수에서 두 팔을 벌렸다.

"우와! 바다는 언제 봐도 좋아. 수평선을 보니 가슴이 뻥 뚫리는 게, 살 것 같다."

송도영이 웃으며 거들었다.

"바다가 그렇게 좋습니까?"

"당연히 좋지. 그동안 한양에만 있어서 얼마나 답답했는지 몰라."

"제주도와 울릉도를 몇 번 다녀오셨다면서요."

"응, 그랬지. 그러나 그때는 일이 많아서 바다를 봐도 본 것 같지가 않았어."

"한양에서 고생이 많으셨다는 말은 들었습니다."

대진이 고개를 저었다.

"사람 상대하는 일이 정말 힘들어. 대원군도 그렇지만 모든 정부 대신들은 산전수전 다 겪은 분들이잖아. 나이가 어리지만 국왕도 마찬가지고. 그런 사람들과 함께 있다 보면 피가 말라."

"그래도 성과는 좋지 않습니까?"

대진도 인정했다.

"좋기는 하지. 그것도 우리의 예상을 훌쩍 뛰어넘을 정도로 잘 진행되고는 있지."

"그렇게 된 이유가 많겠지만 가장 큰 이유를 뭐라고 생각하십니까?"

"동영상을 활용한 정신교육이 가장 큰 영향을 끼쳤다고 봐야지. 조선의 학문은 성리학 하나라고 봐야 할 정도로 이론 무장이 철저해. 더구나 조선을 이끌고 있는 양반들의 선민의식은 하늘을 찌르지. 그런 사람들이 이렇게 우리를 따르게 된 것은 전적으로 동영상의 힘이라고 생각해."

"동영상이 그렇게 큰 역할을 했습니까?"

대진이 크게 고개를 끄덕였다.

"우리도 놀라고 있어. 동영상은 우리의 일상이어서 효과가 이 정도로 대단할 줄 몰랐어. 물론 동영상을 보여 주면 상당히 도움이 될 거라고 짐작은 했지만 말이야."

대진이 그동안의 성과를 설명했다.

송도영이 탄성을 터트렸다.

"오! 실로 대단한 성과로군요. 저도 좋은 효과가 있을 거라 예상은 했었는데 상상 이상이네요."

"그래서 회귀 전 기록을 찾아봤더니 흥미로운 것을 찾아냈어."

"그래요?"

"라디오도 많지 않던 60, 70년대에 주민 계몽과 국정 홍보를 위해 영화를 상영했다는 기록이 있었어. 그것도 전국의 마을을 돌아다니면서 말이야. 그때 영화를 상영하면서 했던 국정 홍보와 계몽이 아주 큰 효과를 거뒀다고 했어. 그런 자료를 찾아보면서 내가 생각해 봤지."

"무엇을 말씀입니까?"

"그때는 문맹률이 많이 높았어. 먹고살기도 어려워서 일반 교육으로는 주민 교화의 성과를 기대하기가 어려웠을 거야. 그래서 보고 즐길 수 있는 영화를 통해 자연스럽게 계몽시키려고 했을 거야. 바로 우리처럼 말이야."

송도영이 공감했다.

"그렇겠네요."

"지금은 그때와 상황이 비슷해. 100여 년의 격차는 분명히 있어. 그런데 그런 격차로 인해 동영상을 본 조선의 지식인들이 느끼는 체감은 수십 배는 되지 않겠어?"

송도영이 크게 고개를 끄덕였다.

"그게 핵심이었네요. 동영상은 조선의 지식인들에게 거대한 문명의 충격이었을 겁니다."

"그렇지. 우리 예상보다 훨씬 더 큰 충격이었을 거야. 그들이 그동안 믿고 의지했던 의식의 기반까지 뒤집어 버릴 정도로 말이지."

대진의 설명은 잠시 더 이어졌다.

"……그렇게 우리는 지난 10개월 동안 아주 값진 경험을 얻었어. 그러면서 조선인들 스스로 알에서 깨어날 수 있다는 믿음도 얻게 되었지."

송도영이 핵심을 짚었다.

"그래도 우리가 있었기에 가능한 일 아닙니까?"

"그건 너무도 당연한 말이고. 우리가 없었다면 역사는 이전처럼 흘러갔을 거야."

"갑자기 구한말의 개화파들이 생각나네요. 당시 개화파들은 나라를 개혁시키려 많은 노력을 했을 터인데, 그들에게 일본은 과연 어떤 존재였을까 하는 의문이 듭니다."

"왜? 갑자기 그런 말을 해?"

"그 당시 개화파에게 일본은 조선이 닮아야 하는 모델로 생각하지 않았을까 해서요. 대부분의 개화파들은 일본의 도움을 받아 개혁을 이루려고 했잖아요. 그러다 개혁에 실패하면서 친일파로 전락하게 된 경우가 상당수고요."

대진의 표정이 굳어졌다.

"어쩔 수 없이 친일파가 되었다는 거야?"

"전부가 그렇지는 않겠지요. 그렇지만 일부는 그런 사람도 있지 않겠습니까?"

송도영의 말에 대진이 고개를 저었다.

"그런 경우도 없지는 않겠지. 그러나 어떤 변명을 하더라도 매국노의 죄가 없어지는 건 아냐. 당시 친일파들은 자신의 부귀영달을 위해 나라를 팔아먹고 민족을 배신했던 매국노들이야."

송도영도 동조했다.

"맞습니다. 매국노는 용서하면 안 됩니다."

"구한말에는 조선의 모든 사람들이 세상을 바라보는 시야가 좁았어. 국왕조차도. 더구나 스스로 힘을 기르려는 생각보다 외세에 힘을 빌려서만 무엇을 하려고 했던 것이 결정적 문제였어."

"특보님께서 김옥균과 김홍집 등의 개화파를 철저하게 교육시키신다는 말을 들었습니다."

"둘 다 친일파이고 실패한 개혁가였잖아. 김옥균은 일본의 힘을 빌려 개혁하려다가 실패했어. 김홍집은 품은 포부에 비해 세상을 보는 시야가 좁은 게 문제인 인물이었어."

"청나라 일개 관리인 황준헌이 쓴 《조선책략》에 매몰되기도 했고요."

"그게 문제였어. 그러다 국왕에게까지 이용당하면서 대로변에서 돌에 맞아 비참한 죽음까지 당해야 했지. 나는 이 두 사람을 비롯해 과거 친일 개화파들을 철저하게 교육시키려고 해. 그래서 그들로 하여금 일본을 공략하게 할 계획이야."

송도영이 감탄했다.

"대단합니다. 계획대로만 된다면 그보다 좋은 일은 없겠습니다. 그런데 이완용까지 활용하실 건 아니지요?"

대진이 크게 웃었다.

"하하하! 장 장군께서도 이완용을 가장 먼저 찾았는데 송 팀장도 그러네."

"당연하지 않습니까? 매국노라면 가장 먼저 떠오르는 인물이 그자 아닙니까?"

"그렇기는 하지. 이완용을 찾아보니 올해 열여섯이었어."

"조선에서 열여섯은 성인입니다."

"뭐, 그렇기는 하지. 이완용도 결혼을 했더라고."

"그 나이면 곧 전면에 등장하는 건 아닌가요? 혹시 인재교육원에 교육을 신청했습니까?"

대진이 고개를 저었다.

"최소 교육연령이 18세 이상이야. 그리고 이완용을 비롯한 매국노는 어떻게 처리하는 것이 최선의 방안인지를 연구해 볼 계획이야. 솔직히 그냥 처단했으면 좋겠지만 그럴 수는 없잖아."

"부디 좋은 결론이 나왔으면 좋겠습니다."

"나라의 미래를 위해서라도 그래야겠지."

그렇게 말한 대진은 대화의 주제를 바꿨다.

"지금까지 혼자 해 왔는데 교역하는 데 어려운 점은 없었어?"

"아직까지는 없었습니다."

"우리 신원에 대해 의심하는 사람은 없었고?"

"아직은 없습니다. 그보다 프랑스와 미국의 신경이 많이 날카로워져 있습니다."

대진이 이해했다.

"그러겠지. 두 나라 상선과 함정을 지속적으로 나포하고 있으니 신경이 곤두서 있겠지."

"예, 그래서 상해가 요즘 뒤숭숭합니다. 오가는 선박들도 일부러 해안을 따라 항해하면서 바짝 조심들을 하고 있고요."

"지금까지 나포한 선박이 꽤 많지?"

"나포한 선박은 8척입니다. 상선 5척에 전함 3척이고요. 수장시킨 선박도 6척이나 됩니다."

대진이 놀랐다.

"1년도 안 됐는데 8척이라니 성과가 대단하구나. 미국 선박이 더 많다고 들었는데 얼마나 되지?"

"9척입니다. 그중 6척을 나포했는데 전함은 2척이나 됩니다."

"미국 전함도 나포를 했다고?"

"연초에 석유운반선을 나포한 적이 있었지 않습니까?"

"그랬지. 그 선박을 나포하면서 조선의 석유 보급 기간을 획기적으로 단축시켰잖아."

"예, 그 선박이 실종되자 미국이 3척의 함대를 파견했었습니다. 우리 함대가 그 함대를 일부러 꽤 근방까지 나가서 작전을 벌였고요. 그 결과 1척은 격침시키고 2척은 나포해서 거문도로 끌고 왔습니다."

대진이 크게 웃었다.

"하하! 대단하구나. 1년도 안 되어 8척이나 나포했으니 거문도가 난리가 났겠네."

"그렇습니다. 개장할 선박이 많아 제주도에서 목재를 대량으로 들여 가고 있다고 했습니다."

"그렇구나. 미국이 실종 사실을 알게 되면 가만있지 않겠구나."

"그렇지 않아도 미국이 대규모 함대를 곧 파견할 거라는 말이 돌고 있습니다."

"대규모 함대라면 규모가 상당하겠구나?"

"이번에 작정하고 함대를 보낼 게 분명합니다. 아마도 10여 척은 파견할 겁니다."

대진이 잠깐 고심했다.

"그 함대를 모조리 수장시킨다면 어떻게 될까? 그렇게 되면 미국의 태평양 진출이 한참 늦어지지 않을까?"

송도영이 즉각 대답했다.

"파견하는 함대의 숫자가 얼마냐에 따라 다르겠지요. 10척 이상의 전함이 수장된다면 당연히 큰 충격을 받겠지요. 더구나 상대가 누군지 확인이 안 되는 상황이라면 더 그럴 것이고요. 그런데 더 많은 함대를 파견하지 않을까요?"

"위기를 기회로 활용하려고 한다는 거야?"

"그렇게 하지 않을까요? 미국이 대서양을 중시한다지만 태평양도 결코 버려두지 않을 겁니다."

대진이 고개를 저었다.

"쉽지 않아. 과거 우리가 알고 있는 초강대국이라면 당연히 그러겠지. 그러나 지금의 미국이 그렇게까지 나온다는 건 무리야."

"국력이 못 미친다는 말씀인가요?"

"그래, 또다시 대규모 함대를 태평양에 파견할 정도의 국력은 미국에 없어. 그리고 그런 미국을 영국과 프랑스가 그냥 두고 보지도 않을 거야."

"특보님의 예상대로라면 다음에 올 대규모 함대만 박살 내면 미국은 한동안 태평양 일대에서 힘쓰지 못하겠네요. 그리되면 우리의 운신이 한층 더 수월해지겠고요."

"그래, 그러니 그런 틈을 교역에 잘 활용해 보도록 해."

송도영이 웃으며 대답했다.

"하하! 알겠습니다. 그런데 이번에 가져가는 상품은 따로 홍보할 것이 있겠습니까? 홍삼도 이제는 대량생산이 가능해 가격도 대폭 낮아지면서 상당한 경쟁력을 확보할 수 있게 되었고요."

조선의 수출품은 인삼이 으뜸이었다.

그러다 미국이 등장하면서 조선인삼은 순식간에 가격 경쟁력을 잃었다.

미국의 화기삼은 품질 면에서 조선인삼에 뒤떨어지지 않았다. 그럼에도 가격은 1/4~1/5이어서 도저히 경쟁이 되지 않았다. 더구나 화기삼의 물량은 상대도 되지 않았다.

이런 조선인삼이 다시 수출 전면에 나서게 된 것은 홍삼 덕분이었다.

홍삼은 오래전부터 제조되어 왔다.

그러나 기술이 부족해 상용화되지 못했었다. 그러던 홍삼이 1797년(정조 21년) 처음으로 교역이 허용되었으며 이때 교역량은 120근이다.

이렇게 시작된 홍삼 교역은 1823년 1,000근, 1828년 4,000근, 1832년 8,000근으로 늘어났다. 그러다 1853년에는 무려 25,000근이나 되었다.

그러나 이때를 기점으로 홍삼 공식 교역량은 차츰 줄어들었다. 나라가 어지러워지면서 밀무역이 대폭 기승을 부렸기 때문이다.

그러다 마군이 오면서 달라졌다.

한양 일대의 탐관오리들이 일소되면서 지방도 분위기가 급격히 달라졌다. 물론 고질적인 부조리까지 없어지지는 않았지만 이전처럼 대놓고 탐학한 짓을 저지르지는 않았다.

이러한 시기.

마군이 홍삼 제조 신기술을 도입했다.

마군은 전기건조기를 적절히 활용해 홍삼을 제조했다. 이는 목재로 인삼을 찌면서 많은 불량품을 버려야 하는 방식보다 획기적이었다.

온도를 쉽게 조절할 수 있고 타이머가 장착되어 불량률은 거의 발생하지 않았다. 덕분에 제조 원가는 이전보다 1/5 정도로 떨어졌다.

송도영의 지적에 대진이 동조했다.

"맞아. 원가가 이전보다 1/5이니, 상당한 가격 경쟁력이 생겼어."

"홍삼은 조선에서는 천은(天銀) 100냥입니다. 북경에서는 천은 300~700냥으로 거래되고요. 이런 상황에서 가격을 얼마나 떨어트려야 할까요?"

"가만, 그 일은 동행하는 송상 행수에게 직접 물어보는 게 좋지 않을까?"

대진이 이번에 상해에 동행하게 된 까닭이 있었다. 우선은 새로운 교역 물품을 서양 상인에게 소개하는 일이었다. 그리고 처음 각국 상인들과 거래했던 조선 개혁에 필요한 각종 물건수입이 얼마 남지 않았기 때문이다.

송도영이 우려했다.

"그나저나 송상을 이번에 내세워도 괜찮을지 걱정입니다."

"서양 상인들이 무시할 것 같아서?"

"무시하지는 않겠지요. 홍삼은 그렇다 해도 해열진통제나 천연두 신약은 그야말로 획기적인 물건입니다. 그런 물건을 조선에서 만들었다고 하면 노골적으로 탐욕을 부리려 하지 않겠습니까?"

대진이 고개를 끄덕였다.

"그럴 수도 있겠지. 그러나 제철 시설을 설치해야 하는 상황에서 언제까지고 조선의 존재를 숨길 수만은 없잖아. 그리고 이번에는 샘플만 가져온 것이어서 별문제는 없을 거야."

"신약 발표를 몇 개월 늦추는 것이 좋지 않겠습니까? 제철 시설을 들여온 다음에요."

대진이 고개를 저었다.

"아니야. 지금의 서양은 크고 작은 전쟁이 끊이지 않고 발생하는 시대야. 그런 서양에서는 제철 시설보다 아스피린이나 천연두 신약 효능에 훨씬 더 큰 관심을 보일 거야. 그리고 조선에 제철 기술이 도입되는 걸 청국이 시기할 수도 있어. 그래서 이번에 신약을 공개하면서 시선을 분산시키려는 거야. 그리고 서양 세력이 탐욕을 부려 무력도발을 하겠다고 나오면 더 좋은 거 아냐?"

송도영이 피식 웃었다.

"모조리 나포하면 좋기는 하지요."

"그러면 더 좋고, 그러지 못하고 모조리 수장만 시켜도 엄청난 울림이 있을 거야."

"그 말이 맞습니다."

이때 한복을 입은 상인 2명이 다가왔다. 대진은 그들을 반갑게 맞고는 홍삼에 대해 질문했다.

송상 행수 노태형이 대답했다.

"홍삼은 연경에서 천은 300냥 정도로 청국 상인에게 넘깁니다. 그런 홍삼이 황하를 건너면 400냥이 되고 장강을 건너면 500냥이 됩니다. 그래서 지금까지 화기삼과 경쟁이 되지 않았지요. 그러나 약효만큼은 최고여서 25,000근씩이나 팔려 왔습니다. 밀무역까지 감안하면 훨씬 더 많은 양이고요. 그래서 저는 홍삼의 가격을 너무 낮출 필요는 없다고 생각합니다."

다른 행수인 전성진도 동조했다.

"옳은 말씀입니다. 솔직한 심정으로는 그대로 내놓고 싶기도 합니다. 그러나 홍삼 제조가 쉬워진 만큼 적당한 수준에서 가격을 내려 거래 물량을 증대시키는 것이 좋을 것 같습니다."

송도영이 고개를 갸웃했다.

"홍삼이 대량 제조된다면 가격이 절로 하락하지 않겠습니까?"

전성진이 고개를 저었다.

"우리가 물량만 조절하면 됩니다. 우리 홍삼은 청국에서 최고의 약재로 인정받고 있습니다. 그래서 물량 수급만 적절히 조절한다면 충분히 제값을 받을 수 있사옵니다."

송도영이 확인했다.

"의외의 말씀이군요. 전 행수의 말씀이 우리가 먼저 가격을 낮추지 말자는 것으로 들리는데, 맞습니까?"

전성진이 인정했다.

"그렇습니다. 어차피 물량으로는 화기삼과 경쟁이 되지 않습니다. 우리 삼은 청국에서 근(斤) 단위로 거래가 됩니다. 반면에 화기삼은 그 10배인 관(貫) 단위로 거래되는 게 현실입니다. 그리고 우리 홍삼은 등급까지 매겨 가며 거래되지만 화기삼은 물량 단위로 거래가 됩니다."

대진이 탄성을 터트렸다.

"대단하군요. 화기삼의 물량이 그만큼 많다는 거로군요."

"화기삼의 물량은 실로 막대합니다. 그래서 초기에는 우리 인삼이 거의 팔리지 않은 적도 있었습니다. 그런 어려움을 겪었기 때문에 우리가 홍삼을 적극 제조하게 된 것이고요."

"위기가 기회가 된 거로군요."

"그렇습니다. 그리고 청국의 인삼 시장은 상해가 아니라 광주입니다. 홍삼을 제대로 교역하려면 광주에서 해야 합니다."

"그 정도는 우리도 알고 있습니다. 우리가 이번에 상해에서 홍삼을 교역하려는 까닭은 이번에 가져가는 신약을 바탕으로 상해에서 새로운 약재 시장을 열기 위함입니다."

전성진이 깜짝 놀랐다.

"아니, 그게 사실입니까? 송구하지만 광주의 약재 시장은 오래되어서 그 아성을 깨트리기가 결코 쉽지 않습니다."

그러나 대진은 태연한 표정으로 장담했다.

"크게 걱정하지 않아도 됩니다. 광주의 약재 시장이 지금은 대륙 제일이지요. 그러나 상해도 거기에 못지않게 발전하게 될 겁니다. 그리고 우리로 인해 광주를 압도하게 될 겁니다. 아니, 그렇게 되도록 만들 겁니다."

2명의 행수는 고개를 갸웃했다. 그러나 이어지는 송도영의 말에 이내 고개를 끄덕였다.

"우리 마군은 앞으로 지속적으로 신약을 만들어 낼 겁니다. 그렇게 나온 신약으로 인해 세상은 아주 많이 바뀌게 될 겁니다. 지금의 조선처럼."

제물포를 출발한 배는 이틀 만에 장강 하구에 도착했다. 대진이 가까이 다가오는 상해 항구를 보며 감회에 젖었다.

"1년도 안 지났는데 다시 보니 새롭네. 배도 이전보다 훨씬 많아진 것 같고 말이야."

"맞습니다. 몇 개월 전부터 입출항 선박은 급속히 증대되는 중입니다. 그 바람에 요즘은 항구가 좁다는 느낌마저 들 정도입니다."

송도영이 한쪽을 가리켰다.

"저쪽을 보십시오. 석탄 저장고를 대대적으로 확장하고

있습니다."

대진이 바로 이해했다.

"전함들의 출입이 많아졌다는 의미구나."

"그렇습니다. 우리의 사략 작전 이전까지 동아시아 바다는 비교적 조용했습니다. 해적들이 있기는 했지만 대부분 말레이반도와 그 주변에서 활동했고요. 그러던 동아시아 바다가 지금은 안전하지 않은 바다로 바뀌고 있는 중입니다. 더구나 상해를 통한 교역이 대폭 증대되면서 바다 안전에 대한 문제가 크게 대두되는 중입니다."

"우리의 사략 작전으로 각국 전함의 상해 입항이 늘고 있다는 말이구나."

"그런 경향이 높습니다."

"그렇다고 상해의 위상이 위축되기는 않겠지?"

송도영이 대답했다.

"전혀 아니라는 말은 못 하겠습니다. 그래서 지금은 사략 작전 대상을 광주 출입 선박으로 제한하고 있습니다. 이대로라면 위축이 아니라 더 증대된다고 봐야 합니다."

"좋아. 광주보다 상해가 더 커져야 해. 그래야 조선의 발전에도 도움이 되고 홍콩의 발전도 약화시킬 수가 있어."

송도영의 의외의 발언을 했다.

"저는 나중에 대청전쟁에서 승리했을 때 상해 일부를 할양받았으면 합니다."

대진이 깜짝 놀랐다.

"상해를 할양받자고?"

"그렇습니다. 우리와 청국은 필연적으로 전쟁을 할 수밖에 없습니다. 그런 전쟁은 당연히 우리의 승리로 끝날 것이고요."

대진이 장담했다.

"당연하지. 전쟁에서 승리 이후의 계획까지 이미 다 세워져 있는 상황이잖아. 그런데 상해 지역을 할양받자는 계획은 없어."

"그래서 말씀드리는 겁니다. 과거 상해와 홍콩이 공존했을 때는 상해의 위상이 홍콩을 압도했었습니다. 그러다 공산 정권이 대륙을 장악하면서 홍콩이 급부상했고요. 만일 우리가 상해 일대를 할양받게 된다면 나중에 조계지가 없어지더라도 상해가 대륙의 관문 역할을 이어 나가지 않겠습니까?"

대진도 동의했다.

"충분히 가능성이 있지. 그런데 상해의 중요성을 알고 있는 청국이 땅을 쉽게 떼어 줄까?"

"떼어 주도록 만들어야지요."

"어떻게 만들어?"

"저는 청국과의 전쟁이 한 번에 끝나지 않을 것으로 예상합니다. 그래서 첫 번에는 우리 계획대로 진행하고, 두 번째 전쟁에서는 청국을 경제적으로 종속시키는 작업을 했으면 합니다. 상해 지역 할양도 그 일환이고요."

송도영이 자신의 생각을 밝혔다. 대진은 그의 말을 경청하면서 잠시 생각에 잠겼다.

"가능성이 없지는 않겠어. 그러나 그렇게 하려면 청국을 완전히 굴복시켜야 해. 그런데 청국이 이 시점에서 너무 무너지면 서양 제국에 완전히 먹히지 않겠어?"

"그건 맞습니다. 그래서 저는 양수겸장을 해야 한다고 생각합니다."

"어떻게 말이야?"

"우선은 두 번 다시 도발을 못 하도록 무력으로 완전히 굴복시켜야 합니다. 그런 뒤 일정 수준의 경제적 배려를 해 주는 겁니다. 저들이 절대 거부할 수 없는 배려를 하면서요."

"거부할 수 없는 배려?"

"예, 그렇습니다. 경제적으로 예속시키면서도 청국의 경제 발전에 큰 영향을 끼칠 수 있는 종목을 지정해 적극 지원해 주는 겁니다. 그러면 국가 발전이 급한 청국이 제안을 거부하지 못할 겁니다."

대진이 맞장구를 쳤다.

"괜찮은 생각이네. 기왕이면 그런 사업을 넘겨줄 때도 우리와 가까운 사람을 선정해 넘겨주면 일거양득이 되겠어."

송도영의 고개가 끄덕여졌다.

"당연히 그래야지요. 우리에게 충성하는 자들만 골라서 이권을 넘겨줘야 합니다. 그리고 그들을 앞세워 청국의 이권을 하나씩 넘겨받는 겁니다. 그렇게 이삼십 년 정도 지나면

나라는 발전할지 모르지만 청국 경제는 거의 우리에게 예속
될 겁니다."

대진이 놀랐다.

"대단하구나. 송 팀장이 무역에 전념하더니 시야가 비교
할 수 없을 정도로 달라졌어."

송도영이 머쓱해했다.

"예, 저도 제가 달려졌다는 걸 느낍니다. 이전이었다면 대
상을 제거하거나 통제한다는 생각이 전부였을 겁니다. 그러
던 제가 교역을 이어 오면서 생각하는 방식이 달라졌습니다.
무엇보다 청국을 최대한 효율적으로 공략할 수 있는 방안이
무엇인지를 내내 고심하게 되더라고요."

"좋은 현상이다. 나도 특별보좌관이 되면서 이전보다 시
야가 훨씬 넓어졌어. 자리가 사람을 만든다는 말이 이래서
나온 것 같아."

"특보님은 이전부터 특별하셨습니다."

그 말에 대진이 크게 웃었다.

한동안 웃던 대진이 손을 저었다.

"무슨 소리를 하는 거야? 내가 뭐가 특별했다고 그래?"

송도영이 정색했다.

"많이 특별하셨지요. 교역을 미리 하겠다는 생각을 한 것부터가 다르셨습니다. 조선의 공업화를 위해 먼저 제철 시설을 만들어야 한다고 생각하신 거나 기자재를 발주하신 것도 그렇고요. 그리고 이번에 개발된 신약으로 상해에 새로운 약재 시장을 만들겠다는 것도 쉽게 할 수 없는 발상입니다."

대진도 이 점은 인정했다.

"그 말은 맞아. 나는 지금의 1년을 잘 활용한다면 조선의 미래를 이삼십 년 앞당긴다는 생각을 갖고 있었지. 그랬기에 교역에 자원했던 것이야."

대진은 마음을 정리했다.

"그래서 상해를 찾은 것이니 이번 방문에서도 꼭 좋은 결과를 거두도록 노력해 보자."

송도영도 가세했다.

"저도 최선을 다하겠습니다."

잠시 후 배가 선착장에 접안했다. 잠시 기다리니 상해해관의 관리가 병사들과 함께 다가왔다.

대진이 아는 인물이었다.

"양용이구나."

"예, 우리 배는 양용이 전담하고 있습니다."

대진이 엄지와 검지를 말았다.

"유대를 많이 쌓았다는 말이구나."

송도영이 웃었다.

"하하! 맞습니다. 뒷돈을 확실히 챙겨 주며 쌓은 유대이지요."

이러는 동안 양용이 갑판으로 올라왔다.

"아니, 이게 누구입니까? 이 대인 아니십니까?"

대진이 두 손을 모았다.

"하하하! 반갑습니다. 저를 잊지 않으셨군요."

양용도 두 손을 잡고 흔들었다.

"물론이지요. 제가 대인을 어찌 잊겠습니까? 그런데 그동안 많이 바쁘셨나 봅니다."

"예, 그렇게 되었습니다."

송도영이 양용과 반갑게 인사를 나눴다. 인사를 마친 송도영이 양용에게 권했다.

"안으로 드시지요. 오늘은 대인께 긴히 인사드릴 일이 있습니다."

양용의 귀가 쫑긋해졌다.

"알겠습니다."

이들이 선실에 앉자 홍차가 나왔다. 양용이 능숙하게 각설탕을 2개 넣고 저어서 마셨다.

"아! 좋군요. 우리 녹차도 좋습니다만 이 홍차의 맛은 참으로 묘합니다."

대진도 인정했다.

"녹차와는 또 다른 맛이지요."

세 사람이 잠시 홍차를 놓고 한담을 했다. 그렇게 찻잔이

비워지고 나서 양용이 자세를 바로 했다.

"제게 하실 말씀이 있다고요."

대진이 나섰다.

"이번에는 특별한 물건을 가져왔습니다."

"그게 무엇입니까?"

대진이 나무 상자를 탁자에 올렸다. 그리고 상자를 열고서 한지로 쌓은 홍삼을 꺼냈다.

"바로 이것입니다."

양용이 깜짝 놀랐다.

"아니, 이건 홍삼이 아닙니까?"

"그렇습니다. 조선 홍삼입니다."

"조선의 홍삼을 대인께서 어떻게……."

"사정을 말씀드리려면 깁니다. 그리고 우리 같은 상인이 무엇을 못 팔겠습니까?"

양용도 인정했다.

"그건 그렇습니다. 그런데 우리 청국과 조선은 종속 관계가 있어서 관세가 없습니다. 그러나 대인이 홍삼을 취급하면 어쩔 수 없이 관세를 물어야 합니다."

대진이 선을 그었다.

"저는 중개를 할 뿐입니다. 홍삼은 조선 상인이 직접 거래할 것입니다."

"아! 그래요?"

"그러면 관세는 해결되지 않겠습니까?"

양용이 슬쩍 한발 물러섰다.

"그렇기는 합니다. 하지만 조선과의 교역은 책문과 북경으로 제한되어 있습니다. 만일 조선이 상해에서 교역하려 한다면 내무부의 승인을 별도로 얻어야 합니다."

"우리도 그런 사정을 모르지 않습니다. 그러나 해관을 관리하다 보면 종종 예외의 경우가 발생하지 않습니까?"

"그렇기는 합니다."

대진이 몸을 앞으로 당겼다.

"대인께서 힘써 주시면 서로 귀찮은 일이 없어지지 않겠습니까? 그렇게 해 주신다면 인사는 후히 하겠습니다."

그 말에 양용의 눈이 번들거렸다.

"험! 험! 제가 도움이 될까요?"

"당연히 되지요. 아! 그리고 혹시 몰라 조선의 인삼 상인을 대동해 왔습니다."

"오! 그래요? 그러면 우선 만나 봅시다."

대기하고 있던 두 사람이 들어왔다. 놀랍게도 두 사람은 능숙한 한어로 자신들을 소개했다.

양용이 감탄했다.

"허어! 우리 한어에 아주 능통하구나. 이 정도면 하루 이틀 공들인 게 아닌 것 같구나."

전성진이 사정을 설명했다.

"소인은 조선에서 인삼을 가장 많이 다루는 송상의 행수입니다. 그래서 어려서부터 어른들을 따라 북경을 수시로 드나들었습니다. 한어는 그런 와중에 자연스럽게 익히게 되었고요."

"그래도 노력이 없으면 이 정도로 잘할 수는 없었을 거다. 그런데 이번에 홍삼을 가져왔다고?"

전성진이 서류를 내밀었다.

"본국의 호조에서 발행한 증서입니다."

"흠!"

전성진이 제출한 서류에는 상해에서 교역해도 좋다는 내용이 적혀 있었다. 그러면서 송상 행수들의 신분을 보장한다는 내용도 들어 있었다.

양용이 고개를 저었다.

"이것만으로는 부족하다. 귀국의 호조에서 두 사람의 신분을 보장한다는 점은 인정한다. 그러나 조선 상인이 상해에서 교역하려면 해관을 관리하는 본국 내무부의 승인이 있어야 한다."

대진이 나섰다.

"그래서 양 대인의 도움이 필요하다고 하지 않았습니까? 조선 상인의 입장에서는 내지 않아도 될 관세를 낸다면 부담이 됩니다. 가격도 올라갈 것이고요. 그러니 대인께서 운용의 묘를 살려 주셨으면 합니다."

"으음!"

양용이 쉽게 대답을 못 했다. 그러자 전성진이 몸을 숙이며 은근한 목소리로 제안했다.

　"대인, 우리 홍삼 1근이 북경에서는 천은 300냥에 거래됩니다. 그게 황하를 건너면 400냥이 되고 다시 장강을 건너면 500냥이 됩니다. 그런 홍삼을 이곳 상해에서 천은 300냥에 매매하려고 합니다."

　양용이 깜짝 놀랐다.

　"아니, 그렇게 싼값에 홍삼을 팔면 구태여 여기로 올 필요가 없지 않느냐?"

　"북경에서 거래되는 홍삼의 절반 이상이 강남에서 소비된다는 말을 들었습니다. 그런데 가격이 비싸고 물량이 적어 거래가 잘 이뤄지지 않는다고 합니다. 그래서 이분들의 도움을 받아 상해로 내려온 것입니다."

　"허면 물량은 충분하다는 말이더냐?"

　"그렇사옵니다."

　전성진의 목소리가 낮아졌다.

　"소인들을 도와주십시오. 허면 그에 대한 인사는 절대 빼놓지 않겠사옵니다."

　노태형도 거들었다.

　"저희들은 앞으로 상해에서 홍삼을 대량으로 거래하려고 합니다. 그러니 대인께서 도와주십시오."

　"으음!"

그때 상황을 지켜보던 대진이 슬쩍 거들었다.

"500냥에 거래되는 홍삼을 300냥에 풀면 수요는 폭발적으로 늘지 않겠습니까?"

"당연히 그렇겠지요."

"그 물량이 2~3만 근만 되어도 거래량은 엄청납니다. 그런 교역을 하는 송상이 우리 체면을 봐서라도 가만있지 않을 겁니다."

대진의 목소리가 낮아졌다.

"대인께서 잘 만들어 보세요. 허면 해마다 천은 수천 냥이 생길지 모릅니다."

양용의 눈이 번쩍 뜨였다.

"저, 정녕 그리되겠습니까?"

대진이 한 장의 서류를 꺼냈다.

"상해에 있는 부강전장(阜康錢莊)에서 발행한 천은 일천 냥 전표입니다. 대인께서 조선 홍삼을 북경에서처럼 팔 수 있게 해 준다면 한 장을 더 드리지요. 그리고 물량에 따라 인사는 별도로 하겠습니다."

지금까지와는 단위가 다른 액수였다.

양용이 침을 꿀꺽 삼켰다.

"좋습니다. 확답은 드리지 못하지만 노력은 해 보겠습니다."

"잘 부탁드립니다. 허가가 나올 때까지 저는 서양 상인들을 만나고 있겠습니다."

"그렇게 하시지요. 그리고 승인이 날 때까지 조선 상인은 함부로 돌아다녀서는 안 됩니다."

송도영이 나섰다.

"물론입니다. 어차피 거래 상인도 대인이 소개해 주실 거 아닙니까?"

양용이 급히 두 손을 모았다. 홍삼을 매입할 청국 상인을 소개하는 것 자체가 이권이었다.

"감사합니다. 이전처럼 제가 좋은 상인을 소개해 드리겠습니다."

"기다리겠습니다."

양용은 전표를 집어넣고는 형식적인 선내 수색도 하지 않고 돌아갔다. 그가 내려가자마자 청국 사람 몇 명이 갑판으로 올라왔다.

그중 한 명이 나섰다.

"오셨습니까? 대인."

송도영이 인사했다.

"그동안 별일 없었나?"

"예, 그렇습니다."

송도영이 소개했다.

"얼마 전에 상해에 사무실을 냈습니다. 이 사람은 제가 현지에서 채용한 직원으로 영어를 꽤 잘합니다."

직원이 급히 두 손을 모으며 몸을 숙였다. 그러고는 분명한 영어로 자신을 소개했다.

"처음 뵙겠습니다. 송 대인을 모시고 있는 이주량이라고 합니다."

대진이 칭찬했다.

"영어를 꽤 잘하는군요. 반갑습니다. 데이비드 리라고 합니다."

이주량이 공손히 몸을 숙였다.

"그렇지 않아도 대인으로부터 말씀 많이 들었습니다."

대진이 감탄하며 송도영을 바라봤다. 그러고는 영어로 질문했다.

"대단한 실력인데? 영어를 이렇게 잘하는 청국 사람을 어디서 구한 거야?"

"이 서기는 영국 영사관에서 오랫동안 근무했습니다. 그래서 영어회화는 물론이고 서류 정리도 잘해 내고 있습니다."

"좋은 사람을 구했구나."

이주량이 몸을 숙였다.

"좋은 말씀 감사합니다. 앞으로 대인을 충심으로 모시겠습니다."

"고맙네."

이주량이 동행한 청국 하인에게 지시했다.

"대인들을 모셔야 하니 짐을 챙기도록 하라."

"예, 대인."

이주량이 나서서 하인들에게 몇 개의 상자를 들게 하고는 하선했다. 대진과 송도영이 송상들을 데리고 배에서 내렸다.

사무실은 항구와 접해 있었다. 건물은 별로 크지 않았지만 위치가 좋았다. 그런 건물의 전면에는 대한무역의 깃발이 걸려 있었다.

"좋은 위치에다 사무실을 구했구나."

"들어가시지요. 전면은 좁아도 안으로 들어가면 넓어서 사무실로 쓰는 데는 문제가 없습니다. 그리고 수리를 해서 안은 깨끗합니다."

송도영의 설명대로 내부는 깨끗했다.

대진이 칭찬했다.

"밖에서 보기와는 다르구나."

송도영이 뒤에 있는 문을 열었다. 그러자 그 안에는 꽤 정리가 잘되어 있는 방이 또 나왔다.

"들어가시지요. 제가 쓰는 방입니다."

대진이 방으로 들어가 소파에 앉았다. 이어서 송상 행수 2명이 막 자리에 앉으려 할 때였다.

이주량이 안으로 들어왔다.

"오인원 대인이 방금 도착했사옵니다."

오인원은 처음 대진과 인연을 맺은 이래 지속적으로 식량 등을 거래해 왔다. 송도영이 송상 행수를 바라보고는 대진을 바라봤다.

대진이 고개를 끄덕였다.

"어차피 숨길 일이 아니니 데리고 와."

송도영이 나가 오인원과 함께 들어왔다. 대진을 본 오인원이 두 손을 잡고 흔들며 반가워했다.

"오랜만에 뵙습니다, 대인."

"반갑습니다, 오 대인."

오인원이 송상 행수를 보고는 놀랐다.

"아니, 이분들은 조선인이 아닙니까?"

"앉으시지요. 그렇지 않아도 소개하려고 했습니다."

오인원이 자리에 앉자 대신이 송상 행수를 소개했다. 그러고는 이들이 온 이유에 대해서도 소개했다.

오인원의 눈이 커졌다.

"조선 홍삼을 가져왔다고요?"

"그렇습니다."

이어서 전성진이 홍삼에 대해 설명했다. 그 설명을 들은 오인원의 표정이 아주 심각해졌다.

"정녕 최상품 홍삼을 천은 300냥에 넘기실 것입니까?"

전성진이 분명하게 대답했다.

"물론입니다. 거래하러 온 상인이 어떻게 거짓을 말씀드리겠습니까?"

"혹시 가져오신 물량이 얼마나 되는지요?"

"오늘은 처음이어서 1,000근만 가져왔습니다."

"허면 더 많은 양도 거래가 가능하다는 말씀이군요?"

"물론입니다. 대금 지급만 정확하다면 몇만 근도 가능합니다."

그 말에 오인원이 잠깐 생각에 잠겼다.

그러더니 놀라운 결정을 했다.

"좋습니다. 가져오신 홍삼을 제가 전부 인수하겠습니다. 그리고 앞으로 가져오게 될 홍삼도 제가 최우선으로 구입할 수 있게 해 주십시오."

2장

옆에 있던 대진이 놀랐다.

"1만 근이라고 해도 천은 300만 냥입니다. 하물며 수만 근이라면 그 금액만도 어마어마한데 감당하실 수 있겠습니까?"

오인원이 호탕하게 웃었다.

"하하하! 저 혼자서는 당연히 곤란하지요. 그러나 저와 함께 거래하는 상인들이 많습니다. 특히 저는 소주와 항주의 상인들과 많은 교류를 하고 있지요. 그들과 힘을 합하면 아무리 많은 물량이라도 소화해 낼 수 있습니다."

대진이 감탄했다.

"놀랍습니다. 우리는 여러 상인들을 대상으로 물량을 풀려고 했습니다. 그런데 대인께서 이렇게 나오시다니요. 생각지도 못한 일입니다."

"하하하! 그러셨군요. 그런데 거래를 한다면 한 가지 조건이 있습니다."

"말씀해 보시지요."

"거래는 저와만 해야 합니다."

"독점을 인정해 달라는 말씀이군요."

"그렇습니다. 그리고 가격은 무조건 고수해 주셔야 합니다. 그 두 가지만 약조해 주신다면 10만 근이라도 받아들일 수 있습니다."

대진이 다시 놀랐다.

"10만 근이면 천은 3천만 냥이나 됩니다. 그 많은 자금을 혼자서 감당할 수 있겠습니까?"

오인원이 호탕하게 웃었다.

"하하하! 거듭 말씀드리지만 거래는 걱정하지 않으셔도 됩니다."

대진이 고개를 저었다.

"우리는 물량이 많을수록 좋습니다. 하지만 너무 많은 은이 유출되면 분명 청국 조정에서 가만있지 않을 겁니다."

"아무리 관아라고 해도 정당한 거래를 막을 수는 없습니다. 그리고 압박이 들어온다고 해도 충분히 감당할 수 있습니다."

"아편 때문에 청국의 은이 서양으로 대량이 넘어가면서 곤란을 겪는다고 들었는데, 아닙니까?"

오인원의 안색이 흐려졌다.

"후! 그 점이 문제이기는 합니다. 그러나 그거와 이건 전혀 다른 문제입니다."

대진이 의외의 제안을 했다.

"그래도 문제가 될 가능성이 높습니다. 그러니 거래대금을 은 대신 금으로 지급해 주시지요."

오인원이 깜짝 놀랐다.

"금으로요?"

"은이 지속적으로 유출되면 지정은제(地丁銀制)를 실시하는 청국으로선 많은 문제가 발생하게 됩니다. 그러나 금으로 대금을 지급하게 되면 그런 문제에서도 자유로워지지 않겠습니까?"

"그렇기는 합니다."

"그러면 금으로 거래합시다. 그래야 오래 거래할 수 있을 뿐더러 물량이 늘어나는 데 도움이 될 겁니다."

청국의 기본 화폐는 은이다.

그런 청국에서 금은, 화폐가 아닌 귀금속에 지나지 않았다. 물론 재화로서의 가치는 당연히 높지만 금과 은은 엄연히 달랐다.

오인원이 크게 고개를 끄덕였다.

"그런 배려만 해 준다면 우리에게는 더없이 고마운 일이지요. 알겠습니다. 앞으로 거래 대금은 은이 아닌 금으로 준비하겠습니다."

"금의 수급은 원활하겠습니까?"

"물론입니다. 요즘 서양으로 은이 너무 빠져나가면서 가치가 계속 오르고 있습니다. 그래서 지금은 은보다 금을 구하기가 훨씬 쉽습니다."

"잘되었습니다. 그러면 금을 거래대금의 기본으로 정하고 부족한 부분을 은으로 충당하기로 합시다. 그리고 양 대인과의 문제는 오 대인이 풀어 주어야 합니다."

오인원이 장담했다.

"그 부분은 제가 책임지겠습니다. 관세부과는 당연히 제가 풀어야 합니다. 그러지 않으면 1할의 세금을 내야 하니 말입니다."

"맞는 말씀입니다. 그리고 우리도 양 대인께 인사하겠다고 약속을 별도로 했었습니다. 그러니 그 점도 적절히 활용하세요."

오인원이 반색했다.

"하하! 그렇다면 일이 더 쉬워집니다."

생각지도 않은 성과였다.

오인원은 대진이 가져온 견본 홍삼 1,000근을 철저히 검수했다. 그러고는 계약서를 꼼꼼히 작성해 서명하고는 이틀 후 대금을 준비해 오겠다는 말과 함께 돌아갔다.

그를 배웅하고 다시 둘러앉았다.

송도영이 먼저 입을 열었다.

"이렇게 쉽게 홍삼이 전매될 줄은 몰랐습니다."

전성진도 놀라워했다.

"저도 이런 경우는 처음입니다. 그동안 북경을 십여 차례 다녀왔지만 이렇게 단번에 거래가 체결된 적은 단 한 번도 없었습니다."

송도영이 상황을 짚었다.

"그만큼 가격이 싸서 그런 게 아닐까요?"

"모르겠습니다. 상인에게 최고의 덕목은 이문입니다. 한 푼의 이문을 보기 위해 천 리를 마다 않고, 피를 말리는 협상을 주저하지 않습니다. 청국 상인들은 특히 협상에 능해서 심중의 생각을 거의 드러내지 않습니다. 그런데 이번 경우는 너무도 뜻밖입니다. 지금까지 제가 알던 청국 상인들과는 전혀 궤를 달리합니다."

대진이 정리했다.

"무슨 상관이 있겠습니까? 방금 말씀대로 상인에게 최고의 덕목은 이문인데요. 이번 계약으로 우리는 최고의 성과를 얻게 되었습니다."

송도영이 거들었다.

"상인 오인원은 믿을 수 있는 인물입니다. 그런 자가 계약서에 날인까지 한마당인데 무엇을 걱정하겠습니까?"

진성진도 동조했다.

"두 분께서 그렇게 생각한다면 맞겠지요."

대진이 자리에서 일어났다.

"나는 독일과 네덜란드 상인을 만나 보고 오겠어."

송도영도 일어났다.

"저도 같이 가겠습니다."

이주량이 급히 다가왔다.

"제가 먼저 가서 연통을 넣어 놓겠습니다."

"그렇게 해."

이주량이 급히 선실을 나갔다. 대진은 미리 준비한 가방을 들고 송도영과 함께 이동했다.

잠시 후 독일 상관에 도착했다.

독일 상인 하인츠 뮐러가 상관 앞까지 나와서 기다리고 있었다. 대진이 그를 보고는 성큼 다가가 손을 내밀었다.

"뮐러 관장님, 오랜만에 뵙습니다."

"어서 오십시오. 그렇지 않아도 데이비드 리께서 오신다는 말씀을 듣고 마음이 급했습니다."

"환대해 주셔서 감사합니다."

"들어가시지요. 하인에게 미리 홍차를 끓여 놓으라고 해 두었습니다."

그의 말대로 대진이 앉자마자 홍차가 나왔다. 세 사람은 잠시 홍차를 놓고 한담을 나눴다.

"오늘 저를 찾아오신 것을 보니 따로 할 말이 있으신가 봅니다."

"예, 이 물건을 뮐러 관장께 보여 드리려고요."

대진이 가져온 가방을 탁자에 올렸다. 그러고는 능숙하게 뚜껑을 따서는 가방을 활짝 열었다. 그렇게 열린 가방에는 봉투와 약병이 들어 있었다.

"이게 무엇입니까?"

대진이 먼저 봉투를 들어 내용물을 꺼냈다. 그리고 하얀 알약 하나를 집어 들었다.

"이 약은 해열진통제이며 소염제입니다."

이어서 약의 효능을 설명했다.

하인츠 뮐러가 깜짝 놀랐다.

"이 알약이 그런 효능을 가졌다고요?"

"그렇습니다. 그리고 이 병에 들은 액상은 천연두 예방접종약입니다."

하인츠 뮐러가 더 크게 놀랐다.

"아니, 그게 정말입니까?"

"하하! 제가 무얼 하려고 가짜 약을 가져왔겠습니까? 임상 시험을 하면 당장 들통이 날 일인 것을요."

대진이 천연두 예방약에 대한 설명을 했다. 하인츠 뮐러는 작은 양병을 들고서는 놀라워했다.

"말씀이 맞기만 하다면 유럽이 발칵 뒤집어질 일이군요. 이 1병이 100명분의 주사량이라니 놀랍군요."

대진이 다른 약병을 들었다.

"그 약만 사용하면 분량을 나누는 데 어려움이 있습니다. 그래서 이 용액과 희석해서 분량을 나누면 됩니다."

하인츠 뮐러가 2종의 약품을 한동안 살피다가 손을 놓았다.

"이 약품을 가져오신 까닭은 저에게 판매하려는 것이겠지요?"

"그렇습니다."

그러더니 대진이 의외의 발언을 했다.

"만일 이 두 약품의 유럽 독점판권에 금액을 매긴다면 얼마나 할까요?"

뮐러의 눈이 번쩍했다.

"독점 판매할 권리를 준다는 말씀입니까? 그것도 유럽 전체를요?"

"그렇다는 가정하에 말씀드리는 겁니다."

"기한은요?"

"대략 10년 정도가 좋지 않을까요? 아! 물론 그 기간 동안 거래 실적이 좋다면 계속 연장도 가능하고요."

"특허도 등록하겠지요?"

대진이 크게 고개를 끄덕였다.

"그래야지요. 하지만 핵심 제조 비법만큼은 기술 유출을 우려해 등록하지 않을 생각입니다. 그리고 천연두 접종약은 특허를 등록해도 일정 기간이 지나면 특허를 해제할 생각이고요."

뮐러가 놀라워했다.

"아! 그렇습니까?"

"천연두는 모든 인류의 적입니다. 그런 천연두를 몰아내는 것은 우리 모두의 희망이지요. 그래서 천연두 예방 신약의 특허는 등록하지만 빠른 시일에 전면 개방할 예정입니다."

뮐러가 격찬했다.

"놀랍습니다. 이런 일는 서양에서도 쉽게 찾아볼 수 없습니다. 그런데 동양의 한쪽에서 이런 인류애를 가진 분을 만날 줄 몰랐습니다."

"별말씀을 다 하십니다. 인류를 생각하는 마음에 동서양이 있을 수가 없지요."

"맞습니다. 제가 말을 잘못했습니다. 그 점에 대해 정식으로 사과드립니다."

뮐러가 바로 사과했다. 그러자 대진도 슬쩍 그를 위하며 분위기를 부드럽게 만들었다.

"아닙니다. 뮐러 관장께서 다른 뜻이 있어서 그런 말씀을 하지 않았을 거란 사실은 잘 알고 있습니다. 그런 분이었기에 제가 가장 먼저 이곳을 방문하게 된 것이고요."

"그렇군요. 헌데 지금까지 말씀하신 건 일방적인 주장에 불과하지 않겠습니까?"

"당연히 임상시험을 해야겠지요. 그게 이곳이든 유럽이든, 아니면 제3의 장소든 관계없습니다."

뮐러가 다시 놀랐다.

"임상시험을 하자고요?"

"물론입니다. 아무리 좋은 신약도 효과가 입증되지 않았다면 어떻게 사용을 하겠습니까? 그러니 관장께서 원하는 장소에서 임상시험을 하시지요."

대진이 서류 하나를 내밀었다.

"그리고 이 서류는 우리가 진행한 임상시험의 결과와 실제 사용 후기입니다."

뮐러는 꽤 두툼한 서류를 집어 들었다. 그러고는 영문으로 된 내용을 한동안 훑다가 감탄했다.

"이야! 이거 대단합니다. 해열진통제 투약 사례가 한두 명이 아니라 수만 명이나 되는군요. 더구나 천연두 예방접종은 기록된 숫자만 봐도 수백만이 넘고요. 이 정도의 자료라면 임상시험을 별도로 할 필요도 없겠습니다."

"그렇기는 합니다. 해열진통제는 임상시험의 기록이고요. 천연두 예방접종은 실제 사용을 기록한 것입니다."

"그런데 내용이 참으로 방대합니다. 이 정도라면 거의 한 나라의 기록 같은데요."

"정확히 잘 보셨습니다. 그 기록은 모두 조선에서 기록 정리한 내용입니다."

뮐러의 눈이 커졌다.

"조선이라고요?"

"그렇습니다. 이번에 제가 가져온 약재는 모두 3종이었습니다. 그중 2종은 신약으로 여기서 처음 개봉했고, 다른 약재는 홍삼으로 상해에 도착하자마자 입도선매(立稻先賣)가 되어 버렸습니다."

"홍삼은 대규모 거래시장이 있는 광주에다 판매해야 하는 거 아닌가요?"

"본래는 그게 맞지요. 허나 우리는 이번에 상해에 새로운 약재 시장을 열려고 합니다."

"그래서 홍삼하고 이런 신약을 가져오신 거로군요."

"그렇습니다."

"그런데 가져온 약재가 독점된다면 약재 시장이 형성되겠습니까?"

대진이 고개를 저었다.

"전혀 문제가 되지 않습니다. 앞으로 우리는 신약을 지속적으로 출시할 예정입니다."

"대단한 목표시네요. 그런데 이 해열진통제만 해도 막대한 수익을 창출할 수 있을 것 같습니다. 그런 해열진통제를 저에게 독점판권을 제안한 이유가 따로 있습니까?"

대진이 고개를 끄덕였다.

"예, 있습니다."

대진이 차를 한 모금 마셨다.

"지난해 계약한 제철 시설과 기술자들이 상해로 오는 게 9월이지요?"

"그렇습니다."

"그 제철 기술을 조선에 설치하고 싶습니다."

뮐러가 놀라 반문했다.

"조선에다가요? 제철소를 설치, 운용하려면 막대한 비용이 들어갑니다. 그런데도 조선에다 설치를 한다고요?"

"이미 모든 협상은 되어 있습니다. 그리고 처음 도입 계약을 할 때 제가 지정하는 어느 곳이든 설치한다는 조항이 들어 있었습니다만."

"그건 그렇습니다. 하지만 일본이 아닌 조선이어서 문제가 없을지 걱정입니다."

대진이 목소리를 낮췄다.

"저는 조선 왕실과 아주 긴밀한 관계를 갖고 있습니다. 그래서 저의 주요 활동지는 일본이 아닌 조선이라고 해도 과언이 아닙니다."

"아! 그래서 이번에 가져온 물건이 전부 조선 물품인 거로군요."

"그렇습니다. 지금도 그렇지만 앞으로도 조선이 주요 활동 지역이 될 겁니다. 그래서 제철소를 조선에 설치하려는 겁니다."

뮐러가 잠깐 생각하다가 동의했다.

"좋습니다. 계약서에도 그대가 원하는 장소에 제철소를 설치해야 한다는 조항이 있으니 문제는 없습니다. 그러나 제철 기술자들이 불만을 표시할 수도 있으니 그 부분은 신경을 써 주셔야 합니다."

"걱정하지 마십시오. 기술자들에게는 처음 제시했던 금액의 2배를 지급할 예정입니다. 독일 기술자들이 머물 숙소를 별도로 마련해 두었습니다. 그리고 계약기간이 끝나고도 남겠다는 사람들은 전원 현지 채용할 예정이고요."

뮐러가 크게 고개를 끄덕였다.

"그 정도면 기술자들도 불만이 없겠습니다."

"감사합니다. 제가 두 가지 신약의 독점권을 드리려는 첫 번째 이유는 제철 사업의 원활한 인수인계입니다. 그리고 두 번째는 독일이 보유한 공작기계를 대량으로 추가 구매하고 싶어서입니다."

그 말에 뮐러가 반색했다.

"방금도 말씀드렸지만 제철소 건설은 걱정하지 마십시오. 문제가 된다면 제가 직접 조선에 들어가서라도 해결하지요. 그리고 공작기계도 필요한 물량은 얼마든지 공급해 드릴 수 있습니다. 그런데 지난번에 영국에서 공작기계를 대량으로 수입하지 않았습니까?"

"그렇습니다. 그런데 영국 기계를 수입하다 보니 문제가 있더군요."

"무슨 문제가 있습니까? 제가 알기로 영국의 공작기계도 우리 독일산보다 결코 뒤떨어지지 않는 것으로 알고 있습니다."

"기계의 성능은 우수합니다. 그런데 도량형이 문제가 됩니다. 조선은 장차 미터법을 도입하려고 합니다. 그 점은 독일도 마찬가지고요. 그런데 영국은 야드-파운드법을 사용하고 있어서 수치 제어가 정확하지 않는 문제가 있습니다."

뮐러가 크게 감탄했다.

"아! 맞습니다. 어떻게 보면 가장 큰 문제가 있었군요."

"예, 그래서 영국 기계에도 미터법을 적용시켜 달라고 부탁했습니다. 그러나 아직 확답을 얻지 못하고 있는 상황입니다. 하지만 독일산 공작기계는 이런 문제가 전혀 없지 않습니까?"

"물론입니다. 우리 독일도 아직 미터법을 정식으로 도입하지는 않았습니다. 하지만 대부분의 공장에서는 미터법을 사용한 지 오래입니다."

대진이 서류를 꺼냈다.

"우선 5년간 독점권을 드리도록 하겠습니다. 5년은 별도의 문제가 없는 한 연장하고요. 그 대신 미국을 비롯한 유럽 각국의 특허는 뮐러 관장께서 대행해 주시기 바랍니다."

뮐러가 즉석에서 동의했다.

"좋습니다. 특허등록은 고문변호사가 있으니 제가 충분히 도와드릴 수 있습니다."

그 자리에서 협상을 시작했다.

협상이 시작되자마자 뮐러가 놀랐다. 두 가지 신약의 가격이 생각보다 저렴했기 때문이다.

그 이유를 대진이 설명했다.

"해열진통제는 가정상비약 개념이 될 겁니다. 천연두 신약은 인류의 숙원을 해결하게 될 것이고요. 그런 약품을 너무 비싸게 받을 수는 없지 않겠습니까?"

뮐러가 고개를 저었다.

"데이비드 리께서는 몇 번이나 저를 놀라게 하는군요. 알겠습니다. 저도 그 뜻을 받들어 최대한 저렴하게 시장에 풀겠습니다."

대진이 서류를 내밀었다.

"천연두 신약만큼은 반드시 의사가 직접 시술해야 합니다. 아울러 이 성적서도 필요하면 활용하시고요."

"알겠습니다. 그 부분은 꼭 주지시켜서 거래하겠습니다."

계약은 일사천리로 진행되었다.

대진은 처음이다 보니 뮐러가 가져온 샘플만을 우선적으로 받아 갈 줄 알았다. 그러나 예상을 깨고 뮐러는 10만 명분의 천연두 접종약과 수백만 정의 해열진통제를 주문했다.

대진이 계약을 하다가 우려했다.

"첫 주문입니다. 시장조사도 하지 않았는데 이렇게 많은 물량을 주문해도 괜찮겠습니까?"

뮐러가 호탕하게 웃었다.

"하하하! 무엇이 문제입니까? 이렇게 많은 임상과 실제 시술 사례가 있는데요. 그리고 제가 예상해 봤을 때 문제가 생긴다고 해도 지극히 사소한 내용일 겁니다."

"아무리 좋은 약이라고 해도 부작용이 없지는 않습니다. 방금 두 신약도 마찬가지고요."

"아이고, 말씀하신 부작용은 아무것도 아닙니다. 지금 유럽에서 판매되는 약재는 전부 죽지 못해 먹습니다. 제대로 정제도 되지 않은 것이 대부분이고요. 그런데 이 신약의 이름이 무엇입니까?"

"해열진통제는 '아스피린'으로 정했습니다. 천연두 예방접종약은 '마마'로 정했고요."

"아스피린과 마마라, 모두 괜찮은 이름이군요. 부르기도 쉽고 외우기도 어렵지 않고요. 그러면 계약서에 아예 이름을 명기하지요."

"그렇게 합시다."

계약서가 새로 작성되었다.

영문으로 된 계약서에는 아스피린과 마마라는 약품명이 정확히 기재되었다. 이로써 두 신약이 세상에 첫 선을 보이게 된 것이다.

계약서에는 제철소와 공작기계 대량 발주도 포함되어 있었다. 계약에 날인하고 뮐러가 먼저 손을 내밀었다.

"지난번의 계약도 좋았지만 이번 계약은 저에게 아주 의미가 깊습니다. 좋은 계약을 체결하게 해 주어서 감사드립니다."

그의 발언에 대진도 덕담해 주었다.

계약을 마친 대진은 다음으로 네덜란드상관을 찾았다.

1년여 만에 찾은 네덜란드 상인 바우트 얀센도 대진을 반갑게 맞았다. 대진은 그런 얀센에게서 목재를 대량으로 주문했다.

네덜란드는 동남아시아에 대규모 식민지를 보유하고 있었다. 그중 보르네오 섬은 세계에서 세 번째로 컸으며 면적도 75만 1929㎢나 되었다.

칼리만탄이라고 불리는 보르네오는 원시림의 바다가 펼쳐져 있었다. 그런 보르네오 섬에는 질 좋은 목재가 대량으로 생산되고 있었다.

이 중에는 가볍고 변형이 거의 없어 소총의 몸통을 만드는 데 최적인 것도 있었다. 그리고 장뇌목(樟腦木)으로도 불리는 녹나무 등 가구나 장식용으로 최성의 목재도 대량 주문했다.

그리고 이틀 후.

오인원이 한 사람을 대동하고 방문했다.

"소개해 드리겠습니다. 여기 이분은 항주와 상해 등 대륙 곳곳에서 부강전장(阜康錢莊)을 운영하고 계시는 호 대인이십니다."

사내가 앞으로 나왔다.

"인사드리겠습니다. 소인은 항주 사람으로 전장을 운영하고 있는 호광용(胡光墉)으로, 자는 설암(雪巖)이라고 합니다."

대진은 내심 깜짝 놀랐다.

'오! 이 사람이 책에서 읽었던 청국 제일의 상인이구나.'

대진이 정중이 두 손을 모았다.

"고명한 분을 뵙게 되어 영광입니다."

호광용이 눈을 크게 떴다.

"저를 아십니까?"

대진이 반문했다.

"강남에서 호 대인을 모르는 게 오히려 이상한 일 아닌가요? 호 대인께서는 태평천국의 난 때 수년간 벌어들인 수익을 전부 투입해 빈민을 구제하셨다는 말을 들었습니다. 더구나 섬감총독(陝甘總督)이신 좌종당(左宗棠)대인과도 절친한 사이가 아니십니까?"

호광용이 호탕하게 웃었다.

"하하하! 10여 년이 지난 일을 외인께서 알고 계시다니 놀랍습니다."

서로가 인사하고는 자리에 앉았다. 대진이 호광용이 방문한 이유가 궁금했다.

"그런데 호 대인께서 어떻게 이곳까지 방문하셨는지요?"

오인원이 대신 대답했다.

"전날 말씀드린 항주의 상인이 바로 호 대인이십니다. 호 대인께서는 그대들이 가져온 홍삼을 전량 구매해 주시기로 했습니다."

"아! 그렇습니까?"

호광용이 설명했다.

"제가 하는 사업은 전장과 생사(生絲)도매입니다. 그러면서 빈민 구제로 약방을 열고 있었지요. 그러다 이번에 약방을 대대적으로 확장해 호경여당(胡慶餘堂)이란 간판을 걸고 새로운 주력 사업으로 키우려고 합니다."

"대인께서 약방을 여신 까닭은 빈민을 구제하기 위함이 아닙니까?"

"물론 그것도 맞습니다. 그러나 정상적인 약재상도 겸업하고 있지요. 그리고 약방이 커지면 빈민 구제도 그만큼 많이 할 수 있기도 하고요."

대진이 크게 고개를 끄덕였다.

"그런 깊은 뜻이 또 있었군요."

오인원이 거들었다.

"대인께서는 광주의 약재상들이 폭리를 취하는 것에 늘 불만이 많으셨습니다. 그러나 취급하는 품목이 달라 달리 제재할 수가 없었고요. 그러다 저의 제안을 받고는 조선 홍삼을 바탕으로 제대로 된 사업을 펼치려고 작정을 하셨습니다."

그러자 대진이 고개를 갸웃했다.

"조선의 홍삼이 고가인데 그걸 바탕으로 사업을 키우실 수 있겠습니까?"

호광용이 웃으며 설명했다.

"충분히 가능한 일입니다. 그대들이 가격만 고수해 준다면 거기서 발생하는 차액으로 대대적으로 사업을 확장할 수 있습니다."

호광용의 자신감은 대단했다. 그런 모습을 본 대진도 더이의를 제기하지 않았다.

"좋습니다. 우리는 누가 매입하든 거래만 정확하면 됩니다. 더구나 대륙 제일의 신용을 갖고 계신 호 대인께서 이렇게 나서셨는데 불감청 고소원이지요."

"하하하! 고마운 말씀이네요. 그런데 독일 상인에게 넘겨준 신약이 있다고 하던데요."

대진은 순간 깨달았다.

'아! 호광용이 나를 찾은 건 신약 때문이구나.'

"놀랍습니다. 어제 잠깐 만났는데 그걸 호 대인께서 알고 계시다니요."

호광용의 입가가 슬쩍 올라갔다.

"조계도 청국 사람이 많이 삽니다. 다행히 저는 그런 사람들과 인연이 많고요."

"그러시군요."

"어떻게, 그 신약도 제가 손댈 수가 있을까요?"

대진이 잠깐 고심하는 척했다.

"으음! 제가 독일 상인에게 제공한 약품이 무엇인지는 아십니까?"

"솔직히 모릅니다."

대진이 약품을 가져오게 했다.

그리고 하나씩 들어서 보여 주며 설명했다. 설명을 들은 호광용은 펄쩍 뛸 정도로 놀랐다.

"이게 두창(痘瘡)에 특효약이란 말씀입니까?"

"그렇습니다. 충분히 백에 한둘 정도는 열이 나는 부작용이 있기는 합니다. 그러나 한 번 접종하면 평생 천연두에 대한 걱정을 하지 않아도 되는 특효약인 것은 분명합니다."

호광용이 장탄식을 했다.

"아아! 참으로 놀라운 일이구나. 내 생전에 이런 약재를 보는 날이 오다니. 이게 몇 년만 더 일찍 나왔더라면 우리 아이를 먼저 보내지 않았을 것을."

호광용은 한동안 아쉬움의 탄식을 터트렸다. 그 바람에 방안의 분위기가 급격히 무거워졌다.

호광용이 두 손을 마주 잡았다.

"미안합니다. 제 개인사 때문에 잠시 분위기가 흐트러졌습니다."

"아닙니다. 괜찮습니다."

그가 아스피린을 들었다.

"이 알약에 해열진통과 소염 효과가 있다고요?"

"그렇습니다."

대진이 아스피린의 효능에 대해 한 번 더 설명해 주었다.

설명이 끝났음에도 호광용은 한동안 입을 열지 않았다.

그러던 그가 돌연 번쩍 눈을 떴다.

호광용이 두 손을 잡았다.

"대인, 이 두 가지 물건을 제가 팔 수 있도록 해 주십시오. 그렇게만 해 주신다면 저 설암은 언제까지라도 대인의 우군이 되겠습니다."

대진도 주저하지 않았다.

호광용은 2품의 관직을 제수받은 상인으로 훗날 1품을 제수받으며 홍정상인(紅頂商人)이라 불리게 되는 인물이다. 그런 그가 거의 충성 맹세하듯 부탁해 오는 걸 들어주지 않을 까닭이 없었다.

"좋습니다. 대인께서 이렇게 말씀하시니 들어드리지 않을 수 없군요."

"감사합니다. 이 은혜 잊지 않겠습니다."

"은혜라니요. 당치도 않습니다."

"아닙니다. 저는 이 마마라는 약을 구입해 제가 할 수 있는 최선을 다해 무료로 접종을 할 겁니다. 그래서 저처럼 자식을 먼저 가슴에 묻는 아비가 나오지 않도록 만들고 말 것입니다."

이 말을 하는 호광용의 눈은 붉어져 있었다. 대진은 그런 그에게 기분 좋은 제안을 했다.

"호 대인의 의기에 깊은 존경을 표합니다. 그런 의미에서 마마 시약만큼은 생산원가에 최소한의 비용만 적용해서 넘겨드리겠습니다."

호광용이 반색했다.

"그게 정말이십니까?"

"그렇습니다. 사실은 대인의 말씀을 듣고 제작 기술도 전수하고 싶은 마음입니다. 그러나 마마 시약은 워낙 위험한 물건이어서 조금만 잘못되어도 모든 물량을 폐기해야 합니다. 그래서 어쩔 수 없이 우리가 만들어서 넘겨드리려는 겁니다."

호광용이 두 손을 마주 잡고 흔들었다.

"감사합니다, 감사합니다. 대인의 해량하신 후의는 대륙의 모든 백성들이 우러러볼 것입니다."

두 가지 약품의 가격은 협상도 없이 그 자리에서 결정되었다. 호광용은 홍삼 대금과 아스피린과 마마의 선수금을 부강전장의 전표로 지급했다.

"이 전표는 금으로 지급하게 약정되어 있습니다. 그러니 언제라도 우리 전장에 오셔서 금으로 바꿔 가시면 됩니다."

"감사합니다."

계약과 대금 지급이 일사천리로 진행되었다. 덕분에 방 안의 분위기는 더없이 흥겨워졌다.

대진이 호광용을 알게 된 것은 그의 전기(傳記)를 읽었기 때문이다. 그래서 대륙 최고의 부자였던 그가 단숨에 망하게 된 원인도 알고 있었다.

대진이 잠깐 고심했다.

'호광용이 있는 것이 우리가 대륙 시장을 공략하는 데 유리하다. 그리고 지금 당장 일어날 일은 아니니만큼 적당히 주의를 주어야겠다.'

"호 대인, 생사(生絲) 매입 문제로 서양 상인과 경쟁이 심하지요?"

호광용이 한숨을 내쉬었다.

"후우! 양인들은 예의염치가 없습니다. 그래서 자신들이 필요하다면 수단과 방법을 가리지 않고 마구잡이로 매입하지요. 그러다 생사 생산량이 많아지면 값을 후려쳐 농민들을 죽어나게 만들고요."

"대인께서 대륙 제일의 생사 상인이니 서양 상인과는 늘 경쟁하는 관계이겠군요."

"그렇지요. 늘 경쟁을 해야 하지요."

"그들과의 경쟁 때문에 일부러 매점매석하는 경우도 있겠고요."

"그러는 경우도 없지는 않지요."

대진이 주의를 주었다.

"서양은 지역적으로 떨어져 있어서 각지의 정보가 취합되려면 시간이 걸립니다. 그렇다 보니 언제 어느 곳에서 생사가 풍작이 될지 모르기도 하고요. 그러니 저들과 너무 심한 경쟁은 하지 마시지요."

"우리가 생사를 구입하지 않으면 서양 상인의 농간에 생사를 생산하는 농민이 당장 타격을 보게 됩니다."

"그래도 적절히 하셨으면 합니다. 그리고 생사는 생필품이 아니어서 당장 구매하지 않아도 큰 문제가 되지는 않습니다. 만일 대인께서 생사를 대량으로 구매했는데 서양 상인들이 그걸 되사 가지 않는다면 큰 타격을 입지 않겠습니까?"

그러자 호광용의 표정이 심각해졌다.

"저들이 작당해서 나를 골탕 먹일 수 있다는 말이군요."

"그렇습니다. 대륙에서 대인이 없다면 생사 시장은 바로 서양 상인이 장악하지 않겠습니까? 그러면 그 피해는 고스란히 농민들에게 돌아가게 될 것이고요."

그제야 호광용은 대진의 말을 알아들었다.

"흐흠! 중용을 지키라는 말이군요."

"그렇습니다. 너무 많은 것을 얻으려다 보면 모든 것을 잃을 수가 있습니다. 저는 대인과 오래도록 거래하고 싶습니다."

호광용이 크게 고개를 끄덕였다.

"좋습니다. 대인의 주의 말씀, 염두에 두도록 하지요. 그런데 그렇게 되면 사업이 위축될 수도 있는데 이를 어쩌나……."

대진이 제안했다.

"그 대신 이번에 개설하게 되는 호경여당을 대대적으로 확장하시지요. 대륙에는 가짜 약재가 판치는 바람에 많은 사람이 고통을 받고 있습니다. 그런 문제를 호경여당이 나서서 풀어 버리면 그 호응이 대단할 것입니다."

"저도 그럴 생각으로 약방을 연 것입니다. 헌데 거기서 수익을 볼 생각은 별로 없었습니다."

"많은 이문을 남기지 않으셔도 됩니다. 박리다매라는 말이 있습니다. 아스피린 하나의 값은 얼마 안 되지만 대륙 인구가 3억 5천만입니다. 대인께서 호경여당을 주력 사업으로 키우시겠다면 앞으로 우리가 만들게 될 여러 신약을 전폭적으로 밀어드리겠습니다."

호광용이 큰 관심을 보였다.

"그래요?"

"우리는 아스피린과 마마와 같은 신약을 해마다 2~3종씩 만들어 내려고 합니다. 그런 신약의 유통을 호경여당이 주도하게 된다면 그 자체만으로도 대단한 수익을 거두게 될 것입니다. 그뿐이 아니라 서양 상인과도 협의해 서양 의약품도 수입해 드리겠습니다."

호광용이 크게 고개를 끄덕였다.

"약재 판매가 주력이 아니라 유통이 주력이 되겠군요."

"그렇습니다. 대인께서 이 기회를 잘 이용하신다면 상해의 약재 유통시장을 완전히 장악하실 수 있을 것입니다. 그렇게 되면 생사 시장과는 비교할 수 없을 정도의 부를 창출할 수 있을 것입니다."

호광용이 흔쾌히 받아들였다.

"좋습니다. 대인이 도와주신다면 내 적극적으로 검토해

보겠습니다."

생각지도 않은 거래였다.

그럼에도 호광용과의 거래에서 예상을 훨씬 뛰어넘는 성
과를 거뒀다. 거기다 그의 파산을 막아 줄 조언을 해 개인적
으로 가까워지는 계기도 만들었다.

그러면서 대륙 시장 진출에 결정적 도움이 될 우군도 얻게
되었다. 홍삼의 상해 거래를 호광용이 단번에 풀어 버린 것
은 사족이었다.

며칠 후.

대진이 상해를 출발했다.

그리고 싱가포르로 내려가 설탕과 후추 등을 가득 싣고 돌
아왔다. 그런 뒤 운현궁에 들렀다가 대원군과 함께 입궐했다.

"전하! 국태공 저하와 이번에 해외로 나갔던 특별보좌관이
들었사옵니다."

"어서 들라 하라!"

대진이 대원군과 함께 편전으로 들어갔다.

"어서 오세요. 아버지."

대진이 정중히 몸을 숙였다.

"다녀왔습니다, 전하."

"어서 오시오, 특별보좌관."

대진이 자리를 비운 사이 경복궁 편전에는 변화가 있었다.

좌식이었던 편전이 입식으로 개조되었다. 바닥은 페르시아 양탄자가 깔렸으며 가구는 전부 남방에서 수입한 녹나무로 만들어졌다.

녹나무는 방향(芳香)이 강하며 썩지 않고 벌레가 먹지 않는다. 그래서 자금성의 모든 목재와 가구에 녹나무가 사용되었다.

조선도 남부 해안과 제주에 자생한다.

아쉽게 대형 수종이 없어서 왕실에서 사용을 못 하고 있었다. 그러다 대진과 송도영이 최상급 녹나무 목재와 양탄자 등 수입해 오면서 왕실의 가구를 녹나무로 교체하는 중이었다.

"두 분 좌정하세요."

두 사람이 앉자 국왕이 궁금해했다.

"상해에 다녀온 일은 잘되었소?"

"예, 전하."

대진이 경과 보고를 했다.

설명을 들은 국왕은 크게 기뻐했다.

"오! 그렇다면 상해로도 해마다 10만 근의 홍삼을 판매하게 되었구려."

"그렇사옵니다. 그래서 전체 거래대금의 1할인 천은 300만 냥을 세금으로 납부할 수 있게 되었습니다. 아울러 예상 수익인 천은 1,000만 냥을 국가 기간산업 조성에 투입할 수 있게 되었습니다."

국왕이 탄성을 터트렸다.

"아아! 참으로 놀랍기 짝이 없네요. 그동안 국고 수입이라고 해 봐야 500만 냥을 넘지 않았소이다. 그런데 홍삼 판매만으로 1,500만 냥의 세수를 거두게 되었어요. 더구나 그보다 3배가 많은 자금을 산업 기반 조성에 투입하다니."

대원군이 치하했다.

"모두가 주상의 홍복입니다."

국왕이 고개를 저었다.

"아닙니다. 과인이 한 게 무엇이 있다고요. 이 모두가 마군의 노력 덕분인 것을요."

대진이 나섰다.

"전하께서 교역을 윤허해 주신 덕분에 가능한 일입니다. 그리고 이번에는 홍삼만 거래하지 않았습니다."

대진이 아스피린과 마마의 거래 결과에 대해 보고했다. 그러면서 자연스럽게 호광용과의 만남도 설명해 주었다.

이야기를 들은 대원군은 몹시 놀라워했다.

"아니, 홍정상인으로 이름난 호광용을 만났다고?"

"그렇습니다. 그리고 두 신약의 거래에서도 천은 100만 냥이상의 세원을 확보할 수 있었습니다."

국왕이 감탄했다.

"놀랍구나, 놀라워. 특보가 교역을 그토록 강조했는지를, 그리고 왜 일정 기간 무역 독점이 필요한지를 이제야 알겠네요."

"대외무역을 무작정 풀어 주게 되면 극심한 혼란이 일어날 수밖에 없습니다. 그래서 조선도 지금까지 청국이나 일본과의 교역을 만상과 내상으로 한정했을 겁니다."

"맞는 말이오. 너무 많은 상인이 대외 교역에 나서면 대번에 가격부터 흐려질 거요."

"예, 그리고 조선 상인은 대외 교역의 경험이 적어서 타국 상인들에게 쉽게 휘둘리게 됩니다. 그래서 당분간은 무역 독점을 통해 가격도 고수하면서 거래 방식도 직접 익혀 나가야 합니다."

이야기를 듣던 대원군이 거들었다.

"이번에 새로 들여온 물건이 있다며?"

"예, 저하."

대진이 상선을 바라봤다. 그러자 상선이 알아듣고는 밖으로 나가 나무 상자 2개를 가져왔다.

"이것이 무엇이오?"

"열어 보시지요, 전하."

국왕이 상자를 열자 자루가 나왔다. 그 자루의 매듭을 푸니 안에 황설탕이 들어 있었다.

"오! 이건 사탕이 아니오?"

"그러하옵니다. 이번에 남방까지 내려가 수입해 온 설탕, 사탕입니다. 그리고 다른 상자에는 통후추가 담겨 있습니다."

국왕이 급히 다른 상자도 열었다. 그리고 똑같이 자루의 매듭을 풀고는 통후추를 집었다.

　"놀랍구나. 귀하디귀한 후추가 이렇게 많다니."

　"이번에 남방에서 가져온 설탕과 후추의 양이 상당합니다. 그 물량의 일정 부분은 왕실과 운현궁에 진상하려고 합니다. 그리고 남은 물량은 내각과 법원 등 모든 공직자들에게 조금씩이나마 돌아갈 수 있도록 배정했으면 합니다."

　국왕이 깜짝 놀랐다.

　"모든 관리들에게 나눠 준다고요?"

　대원군도 크게 놀랐다.

　"아니, 이 귀한 사탕과 후추를 무상으로 나눠 주자는 건가?"

　"그렇습니다."

　"그렇게까지 할 이유가 있는가?"

　"나라의 근본은 백성이지만 나라를 이끌어 가는 사람들은 관리들입니다. 그런 관리들이 무역으로 얻게 될 효과를 직접 느껴 보게 하려고 합니다."

　대원군이 그 말뜻을 바로 알아들었다.

　"먼저 혜택을 보여 주자는 거로구나. 그러면서 쓸데없는 불만을 처음부터 없애 버리려는 거야."

　"그렇습니다. 조선은 국가 발전에 필요한 재원을 마련하기가 쉽지 않습니다. 그래서 당분간은 무역 수익에 의존해야 합니다."

이어서 대진이 간략히 상황을 설명했다. 그 설명을 들은 국왕은 그 자리에서 결정했다.

"걱정 마시오. 특보가 필요할 때까지 무역 독점권을 부여해 주겠소. 필요하다면 인력도 얼마든지 내어주겠소이다."

"황감하옵니다. 국가 발전을 위해 필요한 독점이니만큼 10년 정도면 됩니다. 그리고 인력은 상인들을 교육시켜야 하니 전국의 상인들을 언제라도 불러올릴 수 있도록 어명을 내려 주셨으면 합니다."

"당장 그렇게 해 주리다. 이 소식을 알게 되면 서로 올라오려고 할 것이오."

"그 전에 청국에 상해교역을 정식으로 허락을 받아 놓는 게 좋습니다."

이 말에 대원군이 나섰다.

"그 부분은 신경 쓰지 않아도 되네. 연초에 연경에 갔던 사신이 허락을 받아 왔어. 물론 이 특보의 조언대로 청국 내무부의 상당한 인사였기에 가능한 일이었지."

"그렇다면……."

"그렇다네. 앞으로는 상해는 물론 청국이 개항한 5개 항구에서 자유롭게 무역할 수 있다네. 아울러 필요하다면 조계도 설정해 준다고 했지."

대진이 깜짝 놀랐다.

"조계도 설정할 수 있다고요?"

"그렇다네. 청국은 본래부터 외국인이 자국에 거주하면 거주 지역을 제한해 왔지. 그래서 우리가 요청한 조계 설정도 아주 쉽게 허용해 주었다네."

"그러면 치외법권도 인정된 것입니까?"

대원군이 고개를 저었다.

"그것까지는 얻어 내지 못했네. 그러나 조계 내에서의 일과 우리 조선인끼리의 일은 우리가 처리하기로 했다네."

"아쉽지만 그 정도만 해도 대단한 성과입니다. 그러면 조계지의 땅을 우리가 매입해서 설정할 수도 있습니까?"

"그거야 당연히 인정해 주겠지."

"알겠습니다. 다음에 상해로 가면 그 일부터 처리하겠습니다."

대진의 반응을 본 국왕이 크게 웃었다.

"하하하! 이 특보는 조계 설정을 할 수 있다는 사실이 그렇게 기분이 좋은가 봅니다."

"물론입니다. 청국은 자신들의 정책에 따라 조계를 설정해 준 것은 맞습니다. 그러나 조계가 설정되고 치외법권이 인정되면 조계는 남의 나라가 통치하는 지역이 되고 맙니다."

국왕이 놀랐다.

"말을 듣고 보니 그렇군요. 이거 우리도 훗날 개항했을 때 아주 신경을 써야겠네요."

"맞습니다. 서양 제국은 어느 나라든 조계가 없습니다. 그럼에도 청국과 일본에 조계지를 설치한 까닭이 무엇이겠습니까?"

"조계만큼은 청국과 일본의 통치를 받지 않겠다는 거로군요."

"그렇습니다. 그렇게 되면 주권을 전혀 행사할 수가 없게 됩니다. 마치 타국의 점령지가 된 것이나 마찬가지이지요."

국왕이 연신 고개를 끄덕였다.

"오늘 아주 중요한 사안을 알게 되었습니다. 만일 이런 상황을 모르고 개항했다면 청국의 예를 그대로 받아들였겠습니다."

"예, 그렇습니다. 그래서 조계는 불평등한 외교관계의 표본이라고 할 수 있지요."

"무슨 말인지 잘 알겠습니다. 그런데 마군이 설립할 무역 회사의 이름은 무엇이지요?"

"대한무역으로 정했사옵니다."

"대한이라면 한(韓)은 삼한에서 따왔나 보군요."

"그러하옵니다."

이름을 들은 국왕은 흐뭇한 미소를 지었다.

"대한무역, 아주 좋은 이름입니다. 부디 이름처럼 우리 삼한을 대표해 주기 바랍니다."

"저와 모든 구성원이 최선을 다할 것입니다."

다음 날.

제물포에서 물건을 넘겨받은 선박이 마포로 속속 도착했다. 도착한 선박에서는 설탕과 후추 자루가 대량으로 내려졌다.

설탕과 후추는 대기하고 있던 마차에 실려 한양으로 옮겨졌다. 그리고 며칠 후부터 설탕과 후추가 대대적으로 배급되었다.

한양이 들썩였다.

설탕과 후추는 귀한 물건이었다.

세종의 왕비였던 소헌왕후(昭憲王后)는 병이 들었을 때 설탕이 먹고 싶었다. 그러나 왕실은 물론 나라에 설탕이 없어 끝내 먹지 못하고 서거했다.

그것을 안타깝게 여겼던 문종이 제사를 지낼 때 설탕을 올려놓고 대성통곡을 했었다. 이렇듯 왕비조차 죽기 전에도 제대로 먹지 못할 만큼 귀한 설탕이었다.

후추도 귀해서 같은 무게의 금과 같이 취급할 정도였다. 물론 후기로 갈수록 청국에서 후추가 수시로 들어왔지만 그래도 귀했다.

이런 설탕과 후추가 조금씩이나마 무상으로 배급되었으니 난리가 난 것이다.

파급효과는 놀라웠다.

그동안 변화가 많았지만 그래도 개혁 개방에 반대하는 관리들은 꽤 있었다. 이런 관리들도 설탕과 후추를 보면서 깨닫게 되었다.

자신들이 아무리 반대해도 대세는 거스를 수 없다는 사실을.

그리고 개혁 개방으로 실생활부터 변한다는 사실도 알게 되면서 많은 사람들의 마음이 달라졌다.

특히, 아직 제대로 된 회사나 공장조차 없는 상계(商界)는 엄청난 충격을 받았다. 조선의 상단은 후추와 설탕은 감히 취급 품목에도 넣지를 못해 왔다.

그런데 마군이 설탕과 후추를 들여와 한양의 관리들에게 배급한 것이다. 상인들은 귀물을, 그것도 무상으로 배급한 마군의 배포에 놀랐다.

대한무역이 설립되고 10년간 무역을 독점하게 된다는 사실도 알게 되었다. 그리고 조선의 상인들에게 무역 실무를 교육시킨다는 말도 들었다.

이런 일이 알려지면서 마군의 본거지인 용산으로 엄청난 상인들이 몰려들었다. 워낙 많은 상인들이 몰려들면서 그 일대에 갑자기 노점까지 생겨날 정도였다.

설탕과 후추는 조선 사회에 상당한 파문을 가져왔다. 한양에서 이런 일이 벌어지고 있을 무렵, 대진은 황해도 황주를 찾았다.

황해도 황주의 송림은 주변에 190여 미터밖에 되지 않는 낮은 산이 있을 뿐 거의 평탄 지형이다. 더구나 대동강을 끌어 쓰기 쉬워 대규모 공단의 입지 요건을 갖춘 곳이다.

황해 철산을 비롯한 철광산도 많고, 유연탄광도 있었다. 이런 배경 때문에 일제가 겸이포제철소(兼二浦製鐵所)를 건설했었다. 특히 양질의 철광석 덕분에 이 제철소에서 생산되는 강제는 재질이 좋았다.

마군은 이런 기록을 확인하고는 최초의 제철소를 세울 지역으로 송림을 선정했다.

"고생이 많으십니다, 소장님."

"어서 오세요, 이 특보."

대진을 반갑게 맞은 사람은 S중공업 부장 출신의 박주성이다. 박주성은 금년 초부터 송림으로 들어와 제철소와 공업단지를 조성하고 있었다.

대진이 주변을 둘러보며 감탄했다.

"이야, 공사 진척에 아주 빠르네요. 이 정도면 바로 기계를 설치해도 되겠습니다."

"예정보다 빠르게 진행되기는 하지요. 그러나 아직은 항만시설도 그렇고 손봐야 할 곳이 한두 군데가 아니에요."

대진의 눈을 크게 떴다. 공사 현장에 장갑차 몇 대가 돌아다니는 게 눈에 띄었기 때문이다.

"아니, 소장님. 저게 무엇입니까? 저거 장갑차 아닌가요?"

박주성이 크게 웃었다.

"하하하! 그래요. 장갑차를 개조한 불도저예요. 부지 공사가 예정보다 빨리 진행된 것은 다 저놈들의 활약 덕분입니다."

"그렇군요. 그래서 바닥도 단단하게 다져져 있는 거로군요."

"맞습니다. 장갑차 자체 하중이 25톤입니다. 그런 장갑차가 무한궤도로 밀고 다니는 덕분에 지반까지 아주 잘 다져지고 있지요."

"그나저나 기발하네요. 장갑차를 불도저로 개조할 생각을 하다니요."

"크게 어렵지도 않았습니다. 장갑차 전면에 철판을 두른 게 전부니까요. 유압 장치만 개발되면 상하로 움직일 수 있을 텐데 그건 아직 만들지 못했지요."

"어쨌든 공기가 단축되어서 기분은 좋습니다."

그런 대진에게 박주성이 확인차 물었다.

"물건이 10월경에 들어온다고 했나요?"

대진이 고개를 저었다.

"조금 당겨졌습니다. 이번에 상해에 가서 확인한 바로는 9월 중순이면 도착할 것 같습니다."

"오! 듣던 중 반가운 소립니다. 그러면 항만 공사부터 빨리 끝을 내야겠네요."

"예, 그 부탁을 드리려고 일부러 찾아뵌 것입니다."

"걱정 마세요. 그때까지는 무슨 일이 있더라도 항만과 기반 공사를 마쳐 놓겠습니다. 그런데 제철 시설을 조선에 설치하는 것에 대해서는 문제를 제기하지 않던가요?"

대진이 상해에서의 협상 결과를 설명했다.

박주성은 크게 기뻐했다.

"다행이네요. 나는 혹여 이전 설치 문제로 독일이 다른 요구를 할까 걱정을 많이 했었습니다."

그가 낮은 산 중턱을 가리켰다.

"저기 보시는 대로 사택도 30여 동 지어 두었습니다. 방은 온돌을 들였고 거실에는 벽난로를 설치했기 때문에 그들도 사용하는 데 전혀 불편하지 않을 겁니다. 오히려 수세식화장실과 온수시설을 설치해서 놀라겠지요."

대진이 놀랐다.

"수세식화장실도 설치했다고요?"

"그렇습니다. 정부 청사를 지을 때 좌식 용변기도 만들었는데 그때 사용하지 않고 남았던 변기를 여기서 처음으로 적용했습니다."

정부 청사 건설에서 화장실이 문제였다.

아직 소양강댐이 건설되지 않아 수압이 약해 한강물을 끌어 쓸 수가 없었다. 그래서 건물의 각 층에는 화장실 공간을 만들어 놓고도 창고로 사용하게 했다.

그 대신 1층에 화장실을 만들고는 북악산의 물을 끌어와서 용수로 사용했다. 본래는 좌변기를 설치하려 했으나 하나같이 부정적인 반응을 보여 어쩔 수 없이 일반 변기로 설치했다.

그러나 이것만 해도 획기적이었다.

수세식이란 개념조차 없던 조선이다. 더구나 화장실 휴지는 생각조차 못 할 만큼 종이도 귀했다.

이런 조선에서 수세식화장실이 설치되면서 한바탕 홍역을 치러야 했다. 그나마 관청인 덕분에 사용하고 난 폐지가 많아 재활용이 가능했다.

누구도 수세식화장실을 사용해 본 적이 없다. 그래서 화장실 사용법을 일일이 가르쳐야 했다.

그럼에도 한지를 그냥 버려 변기가 자주 막히는 우여곡절도 수시로 겪었다. 그러면서 조선 최초의 수세식화장실이 차츰 자리를 잡아 가고 있었다.

대진이 걱정했다.

"서양에도 수세식화장실이 아직 보급되기 전인데 독일 기술자들이 잘 사용할지 걱정입니다."

"그래서 일부러 설치했습니다. 저들은 분명 우리들이 미개하다고 여기고 있을 겁니다. 그런데 실제 와 보니 저 같은 사람도 있고, 숙소도 생각 이상으로 좋다면 나쁜 선입견이 많이 없어지지 않겠습니까?"

"맞는 말씀입니다."

"실무를 모르는 우리로서는 그들의 편의를 최대한 봐주면서 실속을 챙겨야지요."

"좋은 생각이십니다. 철광산과 탄광은 제대로 준비되고 있나요?"

"물론입니다. 기록에 있던 대로 철광의 재질이 좋습니다. 그래서 화기 제작은 물론 선박용 후판도 생산이 가능할 것 같습니다."

대진이 고개를 저었다.

"당분간은 선박 건조를 하지 않을 계획입니다."

박주성이 의아해했다.

"아니, 무역이나 장차 진행될 전쟁에 대비하려면 함정 건조가 필수 아닌가요? 선박을 건조하려면 지금 당장 준비한다고 해도 선거(船渠)를 비롯해 할 일이 하나둘이 아닙니다."

대진이 싱긋이 웃었다.

"그렇기는 합니다. 그래서 당장 급한 선박은 사략 작전으로 노획하려고 합니다."

"아! 노획을 하겠다고요?"

"예, 지금까지 노획한 선박만 벌써 8척입니다. 이 추세대로라면 2년 내로 20여 척 정도는 노획을 할 것 같습니다. 그것도 1,000톤 이상으로요."

박주성이 크게 놀랐다.

"대단합니다. 그 정도면 당장 조선소를 건조할 필요는 없겠습니다."

"예, 그래서 무기 제작에 필요한 강제와 교각용 강제, 그리고 철근부터 먼저 생산했으면 합니다."

"국토 개발부터 하자는 말씀이군요."

"그렇습니다. 당장 한강과 임진강에 다리부터 건설해야 합니다. 대동강과 낙동강 등 주요 하천도 마찬가지고요."

"그런데 우리에게는 교량 전문가가 없지 않습니까? 설계는 우리가 보유한 자료를 바탕으로 할 수 있지만 전문가가 없다는 게 문제입니다."

그 말에 박주성의 표정이 한결 편해졌다.

"그래서 네덜란드와 독일에 부탁해서 기술자를 초빙했습니다. 그 기술자들이 이번에 함께 들어올 예정이고요."

"그렇군요. 그러면 시멘트 생산부터 서둘러야겠네요. 교량건설을 하려면 특수시멘트가 반드시 필요합니다."

"맞습니다. 그래서 삼척에다 시멘트 공장을 건설하고 있습니다."

대진이 서류를 전달했다. 그것을 펼쳐 본 박주성이 크게 고개를 끄덕였다.

"유류 저장고와 시멘트 생산 시설에 필요한 강제 요청서로군요."

"그렇습니다. 제철소가 가동되면 무엇보다 먼저 그것부터 만들어 주셔야 합니다."

"알겠습니다. 독일 기술자들과 최우선적으로 협의해 보지요. 그나저나 제가 아는 독일어로 그들과 의사가 잘 통할지 걱정입니다."

마군에는 제철 전문가가 없었다. 그래서 고심 끝에 S중공업의 박주성을 제철소장으로 임명했다.

박주성은 입사 초기 유럽의 프랑크푸르트지사에서 근무하였기에 영어와 독일어에 능통했다. 더구나 후판 수입 때문에 제철소를 방문을 자주해서 수박의 겉핥기 정도나마 지식이 있었다.

제철소장이 된 박주성은 20여 명의 지원자를 받았다. 그리고 이전 지식을 토대로 그들과 함께 제철소 운영에 대해 지금까지 연구해 오고 있었다.

대진이 장담했다.

"조금도 걱정하실 필요가 없습니다. 제가 영어로 상대해 보니 처음에는 조금 어색했으나 이내 저들의 말을 알아듣게 되더군요. 아마 독일어도 비슷할 겁니다. 뭐 안 되면 영어로 하셔도 될 거고요."

"말만 통한다면 저들의 기술을 전수받는 것은 그렇게 어렵지 않을 것 같습니다."

대진이 기대감을 숨기지 않았다.

"분명 좋은 성과가 있을 겁니다."

"그래야지요. 그래야 우리가 바라는 세상을 만들 수 있으니까요."

이때 대진의 시야에 인부에게 무언가를 지시하는 모습이 들어왔다. 마군 출신의 중간관리자였다.

대진이 질문했다.

"제철소 근무를 자원한 마군이 몇 명이지요?"

"20명입니다."

"인원이 많지가 않습니다."

"제철소에 대한 경험들이 없다 보니 지원자가 의외로 적었습니다. 그래서 본래는 30명과 함께 일을 추진하려다가 계획을 변경할 수밖에 없었습니다."

"그랬군요. 어떻게, 일들은 잘하나요?"

"예상보다는 잘해 나가고 있습니다."

"정신교육은 지속적으로 실시하고 있겠지요?"

"물론입니다. 자체 교육을 물론이고 참모본부에서 수시로 의사와 참모가 넘어오고 있답니다."

마군이 조선에 온 이후.

충격적인 변화를 견디지 못하면서 수십 명의 낙오자가 발생했다. 심리적 불안감과 함께 자살 충동을 느낀 장병도 100여 명이나 발생했다.

다행히 약물 치료와 함께 꾸준한 상담과 관리로 상태가 좋아지고 있었다. 이런 장병들을 위해 군의관들이 신경정신과 포럼을 별도로 열기도 했다. 그러면서 전 장병을 대상으로 정신교육을 지속적으로 실시했다.

그러나 얼마 전 대위 한 명이 유서를 써 놓고 자살하는 사건이 발생했다.

마군이 발칵 뒤집혀졌다.

초급 간부지만 대위는 100여 명의 병사를 관리하는 중간 지휘관이다. 이런 대위의 자살로 인해 장병의 사기는 크게 떨어졌다.

많은 장병이 동요했으며, 위험군에 속하는 장병들의 분위기는 최악으로 떨어졌다. 한 사람의 자살이 커다란 영향을 끼칠 줄은 누구도 예상을 못 했다.

사태 수습을 고심하던 지휘부는 전면적인 설문조사를 실시하기로 결정했다.

그런데 의외의 결과가 나왔다.

설문조사에서는 개혁을 직접 참여하고 싶다는 의견이 많이 나온 것이다. 물론 더 많은 수의 장병들은 군에 남기를 원하기는 했다.

이런 결과는 처음과는 크게 달랐다.

처음에는 조선에 들어가겠다는 직접 참여 의견이 별로 없었다. 그러다 본격적인 개혁이 시작되면서 장병들의 의견이 상당히 변한 것이다.

이를 놓고 난상 토론을 벌였다.

그리고 장병들의 바람을 들어주기로 결정했다. 그리하여 비밀 유지 서약을 조건으로 지원자를 모집해 각 부서에 배치했다.

대진이 지적했다.

"일은 힘들어도 본인들이 원했기 때문에 능동적으로 움직일 겁니다."

　"예, 맞습니다. 사전에 교육한 대로 미래 지식에 대해서는 철저하게 함구하고 있습니다. 필요한 일이 아니면 인부들과의 사담을 금지한 사항도 잘 지켜 오고 있고요. 인부들도 우리를 어려워해서 가까이하지 않습니다."

　"아직도 우리를 어려워합니까?"

　"그렇습니다. 우리가 하늘에서 내려왔다는 인식이 완전히 박혀 있습니다. 그리고 아무래도 자신들과는 생김새 자체가 많이 다르잖아요."

　대진도 인정했다.

　"예, 저도 몰랐지만 여기 와서 보니 이 시대의 조선인들과 우리는 많이 부분이 다르더군요."

　"그렇습니다. 체형은 당연히 다르지만 얼굴 형태도 크게 달라졌습니다. 이 시대 조선인들은 거의 대부분이 북방 계통의 얼굴인 데에 반해 우리는 남방 계통의 얼굴형으로 변했으니까요."

　대진이 적극 동조했다.

　"맞습니다. 피부색도 우리가 훨씬 밝습니다. 그래서 우리와 조선인을 놓고 보면 완전히 다른 인종이라고 해도 될 정도이지요."

　"맞는 말씀입니다. 거기다 하늘에서 내려왔다는 인식 때문에 더 우리를 어려워합니다."

　박주성의 말에 대진이 고개를 갸웃거렸다.

"하지만 그게 꼭 나쁘다고는 볼 수 없지 않을까요?"

"물론입니다. 지금 같은 시기에는 우리를 어려워하는 것이 좋습니다. 더구나 우리가 자신들을 도와주러 왔다는 인식이 심기다 보니 작업 속도는 물론이고 한눈도 팔지 않습니다. 아! 특히 석유와 쌀을 나눠 주는 것이 최고의 결정이었습니다."

"여기서도 석유는 인기가 좋군요."

"여기뿐이 아니라 조선 전체가 그럴 겁니다. 석유가 귀하다 보니 평양에서도 석유를 사러 오는 사람들이 있을 정도입니다."

"그렇군요."

박주성이 바람을 밝혔다.

"빨리 석유 저장 시설을 만들어야겠습니다. 화학 공장도요. 울릉 유전에 보관되어 있는 원료만 가공해도 조선의 개혁은 땅 짚고 헤엄치기일 겁니다."

대진이 궁금해했다.

"유전에 저장된 원유는 재처리해야 원료로 사용할 수 있는 거 아닙니까?"

박주성이 고개를 저었다.

"울릉 유전에 설치된 FPSO는 원유와 물, 가스로 분리할 수 있습니다. 그뿐이 아니라 기본적인 정제 시설도 갖춰져 있습니다. 그래서 휘발유도 생산할 수 있습니다."

"첨가제를 넣으면 휘발유가 되는 나프타까지 분리되어 있다는 말씀이군요."

"물론입니다. 나프타뿐이 아니라 부산물도 별도로 분리되어 있지요. 정밀 정제는 화학 공장에서 해야겠지만 기본 정제는 가능하기 때문에 등유도 보급할 수 있는 것입니다."

"아! 그렇군요. 그러면 제철소가 준공되면 화학 공장 설비도 갖출 수 있는 겁니까?"

박주성이 싱긋이 웃었다.

"물론입니다. 저는 본래 석유화학 공장 설비 전문이지요. 한국석유공사의 홍종현 상무님도 석유화학 공장 설비에 일가견이 있다는 말을 들었습니다. 홍 상무님이 도와주신다면 대규모 설비는 시간이 필요하지만 플라스틱 등을 만들 정도의 설비는 몇 개월이면 갖출 수 있습니다. 물론 강관과 같은 철강 제품 공급이 원활해야 한다는 전제가 있어야만 가능한 일이고요."

대진이 웃었다.

"하하! 제철소가 들어오기도 전부터 사용처는 엄청나게 늘어나네요."

"모든 것은 차지하고라도 화학 공장만큼은 먼저 만들어야 합니다. 그래야 화약도 원활히 생산할 수 있을뿐더러 조선의 개혁에도 탄력을 붙일 수가 있습니다."

"알겠습니다. 돌아가면 본부와 협의해서 최상의 계획을 짜 보겠습니다."

"잘 부탁드립니다. 다음 달부터는 삼척의 시멘트 공장이 가동된다고 들었습니다. 그러면 가장 먼저 이곳으로 물량을 배정해 놓겠습니다."

　박주성이 반색했다.

　"듣던 중 반가운 소리네요. 시멘트가 오면 공기도 대폭 줄어들 것입니다."

　"하하! 앞으로도 잘 부탁드립니다."

　"예, 걱정 마십시오."

3장

　대진은 송림에서 이틀을 머물렀다.

　그러면서 철광과 탄광을 둘러보았다.

　제철소가 들어서는 송림 주변으로는 대규모 마을이 새롭게 생겨나고 있었다. 지어지는 주택은 제철소 사택으로 형태가 전부 동일했다.

　붉은 벽돌과 유리창이 달려 있었으며 집의 구조도 거실이 중심이었다. 이런 주택들이 제철소와 철광과 탄광 주변으로 수없이 들어서고 있었다.

　사택에는 철광과 탄광 인부가 입주해 있었다. 이런 마을 주변에는 벌써부터 주막을 비롯한 상점들이 줄지어 들어서고 있었다.

이틀 동안 이런 마을들까지 둘러본 대진이 제물포로 내려왔다. 제물포에는 대한무역 지점이 자리하고 있었다.

"어서 오십시오."

송도영이 대진을 반갑게 맞았다.

"오! 송 상무가 들어와 있었네?"

대한무역이 정식으로 출범하면서 송도영이 전역했다. 그러고는 대한무역 상무로 취임했다.

"예, 전날 들어왔습니다."

"상해는 별일 없고?"

"호광용이 아주 적극적입니다. 특보님이 다녀가시자마자 자신이 설립한 호경여당에서 천연두 예방접종을 실시하겠다고 상소했다고 합니다. 그 상소를 접한 청국 황제가 상황을 파악하기 위해 흠차대신까지 파견했고요."

"그러면 우리가 준 샘플 결과를 흠차대신이 확인했겠구나."

"그렇습니다. 300명 전부가 접종에 성공한 것을 보고는 대단히 놀랐다고 합니다. 그래서 그 결과를 청국 조정에 품신했고 보고받은 청국 황제는 크게 기뻐하면서 약방 현판을 직접 써서 보냈다고 합니다. 아울러 호광용의 품계도 정1품 광록대부(光祿大夫)로 승차를 해 주었고요."

대진이 크게 웃었다.

"하하하! 아주 잘되었구나. 호광용이 청나라 최고의 품계를 받게 되었으니 우리에게는 더없는 호기야."

"그렇습니다. 청국 황제는 호광용이 호경여당을 대대적으로 확장하려는 계획을 듣고는 특명까지 내렸다고 합니다."

"청국 황제가 특명까지 내렸어?"

"예, 그가 원하는 지역에는 어디를 막론하고 무조건 허가를 내주라고요."

"날개를 달게 되었구나."

"맞습니다. 그래서 우선적으로 강남 20개 도시와 강북 10개 도시에 약방을 열기로 했습니다."

대진의 눈이 커졌다.

"30개가 우선적이야?"

이번에는 송도영이 웃었다.

"하하하! 특보님, 호광용입니다. 대륙 제일의 거부라는 그가 하는 일인데 30개면 적지요."

대진이 고개를 저었다.

"내가 놀란 건 규모가 아니야. 준비도 안 된 상황에서 갑자기 30개를 열면 약재는 어디서 충당을 해? 그리고 아무리 호광용이라고 해도 다른 약재상이 가만히 있겠어?"

"호광용은 몇 년 전부터 약방을 열려고 준비를 해 왔더라고요. 본래는 그의 본거지인 항주와 소주, 그리고 상해에서 먼저 시작하려고 했답니다. 그러다 황제의 전폭적인 지원을 받는 것을 계기로 처음부터 판을 키운 것이고요."

"그러면 약재 공급에는 문제가 없다는 거야?"

"어느 정도 차질은 있겠지요. 그러나 황명을 등에 업은 지금 상황에서 누가 호경여당의 진출을 가로막을 수 있겠습니까?"

대진은 그제야 이해가 되었다.

"사업도 때가 있다고 하더니. 우리가 호광용에게 절묘한 기회를 만들어 준 셈이구나."

"맞습니다. 천연두 접종약이 그에게 날개를 달아 준 셈이 되었습니다. 그리고 우리도 나름 도움을 받게 되었습니다. 30개의 약방을 동시에 열면서 아스피란과 마마의 주문량이 몇만에서 몇십만으로 단위 자체가 달라졌습니다. 홍삼도 매월 1만 근씩으로 주문이 늘었고요. 이도 상황을 봐 가면서 추가 주문을 한다고 합니다."

대진이 크게 흡족해했다.

"그건 반가운 소리구나."

"예, 그래서 대한제약과 대한인삼에 생산량을 늘려 달라는 급전까지 띄운 상황입니다."

마군이 설립한 각종 회사에는 전부 대한이란 명칭이 붙었다. 그리고 이런 회사들이 벌써 스무 곳이나 되었다.

송도영이 기쁜 소식도 전했다.

"상해를 떠나기 전 밀러가 사무실을 방문했는데 다가오는 8월 30일경에 물건이 도착한다고 했습니다."

마침내 물건 도착 날짜가 확정되었다.

대진이 반색했다.

"드디어 날짜가 결정되었구나. 더구나 날짜도 보름이나 당겨졌어."

"예. 그리고 주문한 공작기계도 함께 들어온다고 합니다. 그래서 다음 달 말에는 1척의 배를 더 동원하려고 합니다."

"제철 기자재를 선적한 배는 바로 대동강까지 올라가는 게 좋겠지?"

"아무래도 그래야겠지요."

"알겠어. 송림에 연락해서 8월 하순까지는 크레인을 설치하라고 할게."

"부탁드립니다. 중량이 많이 나가는 장비가 많아서 대형 크레인이 꼭 있어야 합니다."

"알았어."

대진이 서둘러 일어났다.

미 해군 제독 윌리엄 심슨은 기함인 뉴올리언스의 선수에서 생각에 잠겨 있었다. 그가 이번 원정의 사령관을 맡게 된 것은 대통령의 특명 때문이었다.

심슨 제독은 전함 건조에 관심이 많았다. 그런 그는 수시로 브루클린 해군공창(Brooklyn Navy Yard)을 찾았다.

그리고 새롭게 건조되는 장갑순양함이나 전함에 많은 조

언을 해 주었다. 그러던 그가 워싱턴의 부름을 받은 것은 몇 개월 전이었다.

"어서 오시오, 제독."

그가 대통령의 집무실인 오벌 오피스(Oval Office)로 들어서니 세 사람이 기다리고 있었다. 율리시스 심슨 그랜트(Ulysses Simpson Grant) 대통령과 헨리 윌슨(Henry Wilson) 부통령, 그리고 자신과 친분이 깊은 해밀턴 피시(Hamilton Fish) 국무장관이었다.

"반갑습니다, 대통령 각하."

심슨은 이어서 두 사람과도 인사를 나눴다. 인사를 마치자 그랜트 대통령이 바로 본론으로 들어갔다.

"오늘 제독을 부른 까닭은 특별 임무를 맡아 주었으면 해서요."

심슨이 주저 없이 대답했다.

"명령에 죽고 사는 군인입니다. 대통령의 명이라면 당연히 따라야지요."

"고맙소."

"그런데 무슨 임무이기에 저를 백악관으로 부르신 겁니까?"

"지난해 말 태평양 지역으로 함대를 보낸 것을 제독도 알고 있겠지요?"

"그렇습니다. 본래는 제가 먼저 자원했었습니다. 그런데 웨스트포인트 후배인 머독 제독이 자원해서 제가 양보했었습니다만."

"그 함대가 연락 두절되었소."

심슨이 깜짝 놀랐다.

"아니, 3척의 전함이 원정했었습니다. 그런 함대가 연락 두절되다니요?"

그랜트 대통령이 한숨을 내쉬었다.

"후! 몇 개월간 연락이 되지를 않고 있소. 이전의 선박들처럼 말이오."

"……혹시 수색작업은 해 보셨습니까?"

대통령이 고개를 저었다.

"하기는 했지만 별다른 성과는 없었소이다. 단지 괌 주변에서 원정함대의 물건으로 보이는 부유물이 몇 개 수거되기는 했소."

"조난자는 있습니까?"

그랜트 대통령이 고개를 저었다.

"안타깝지만 지금까지는 없소."

심슨이 주먹을 움켜쥐었다.

"해적들의 짓이 분명합니다. 그것도 우리의 예상을 뛰어넘는 수준의 해적이 분명합니다."

부통령 헨리 월슨이 나섰다.

"어떻게 해적의 짓이라고 단언하시오?"

"침몰했다면 비상탈출이라도 감행했어야 합니다. 그런데

이전의 선박이 실종되었을 때와 마찬가지로 생존자가 한 명도 발견되지 않았습니다. 이건 누군가 의도적으로 통제하지 않으면 있을 수 없는 결과입니다."

피시 국무장관이 나섰다.

"심슨 제독, 사실대로 말하면 우리도 그런 결론을 내렸다네. 해적이 아니면 상당한 전투력을 가진 집단이 사략 행위를 하고 있는 거라고 말이야."

"사략 행위라고 했나?"

"그렇다네. 지금 상황을 분석해 봤을 때 과거 영국처럼 국가 차원에서 사략 행위를 하고 있다고 봐야 하네."

그랜트 대통령도 동조했다.

"국무장관의 의견에 나도 동조하오. 지금까지 실종된 선박이 무려 9척입니다. 그 많은 선박이 실종되었다면, 누군가 조직적으로 우리 선박을 노리고 있다고 봐야 합니다."

심슨 제독이 정리했다.

"각하의 말씀을 정리하면, 국적 불명의 사략 함대가 우리 합중국 선박을 노리고 있다는 거로군요. 그것도 조직적이고 치밀하게요."

"그렇소이다. 그래서 나는 미합중국 대통령의 권한으로 태평양함대를 전면 개편해 새롭게 창설할 예정이오. 창설된 태평양함대에는 우리 미합중국이 보유한 최고의 전함을 우선 배정할 것이오. 그뿐이 아니라 브루클린 해군공창(Brooklyn

Navy Yard)에서 진수한 2척의 최신 전함도 배치할 것이오."

심슨 제독이 놀랐다.

"이번에 진수한 전함은 5,500톤급입니다. 그런 전함 2척을 전부 태평양함대에 배치한다면 대서양의 방어에 차질이 생기지 않겠습니까?"

그랜트 대통령이 고개를 저었다.

"지금은 대서양이 아니라 태평양에 국력을 집중해야 할 때요. 지금처럼 선박이 계속해서 실종되는데도 우리 합중국이 손쓰지 않는다면 어떻게 되겠소?"

부통령 헨리 윌슨이 대답했다.

"태평양에서의 우리의 위상은 급격히 추락하게 됩니다. 그렇게 되면 우리가 추진하고 있는 국가 발전 계획에 큰 차질을 빚을 수밖에 없습니다."

"그렇소이다. 우리 미합중국은 이민자의 나라요. 그렇다 보니 대서양을 중시하는 것은 어쩔 수 없는 일이오. 그러나 국가균형발전을 위해서는 반드시 서부를 발전시켜야 하고, 그러기 위해서는 태평양을 우리의 내해로 만들어야 하오."

그랜트 대통령이 심슨 제독을 바라봤다.

"제독, 제독이 태평양함대를 지휘해 주시오. 그래서 태평양에서 암약하고 있는 해적이나 사략 함대를 꼭 섬멸해 주시오."

국무장관 해밀턴 피시가 거들었다.

"제독을 추천한 사람이 바로 날세. 나는 제독이 정체불명의 사략 함대를 박살 낼 것을 믿어 의심치 않네. 그러니 제독이 태평양함대를 맡아서 떨어진 합중국의 위상을 바로 세워주시게."

심슨 제독이 거침없이 대답했다.

"좋습니다. 제가 태평양함대를 맡지요."

그랜트 대통령이 흡족한 미소를 지었다.

"고맙소, 제독."

"그런데 조건이 하나 있습니다."

"말씀해 보시오."

"사략 함대를 잡아내는 것만으로는 부족합니다. 그들을 잡아서 배후를 캐서는 어느 나라인지 알아낸 뒤 반드시 철저하게 응징해야 합니다."

그랜트 대통령이 놀랐다.

"전쟁을 하자는 말씀이오?"

"할 수 있으면 해야지요. 우리 미합중국의 명예가 걸린 일입니다. 사략 함대가 어느 나라 소속인지는 모르겠지만 우리의 떨어진 명예회복을 위해서는 전면전까지도 감안해야 합니다."

그랜트 대통령은 남북전쟁 당시 북군총사령관으로 전쟁을 승리로 이끈 명장이었다. 그런 사람이었기에 심슨 제독의 전쟁도 불사하자는 주장에 주저 없이 힘을 실어 주었다.

"당연히 응징을 해야겠지요. 전쟁을 해야 한다면 해야 하고요. 알겠소. 그에 대한 전권도 제독에게 일임하겠으니 확실하게 마무리해 주시오."

"감사합니다."

그랜트 대통령이 손을 내밀었다.

"제독만 믿겠소."

심슨 제독이 그 손을 맞잡았다.

"각하의 믿음을 절대 배신하지 않겠습니다."

이어서 두 사람과도 악수를 나눴다.

백악관을 나온 심슨 제독은 바로 뉴욕으로 내려왔다. 그리고 브루클린 해군공창에서 대기하고 있던 2척의 전함을 인도받고는 버지니아의 노퍽해군기지(Naval Station Norfolk)로 내려왔다.

심슨 제독은 노퍽에서 한 달여를 머물며 태평양함대를 편성했다. 노퍽의 모든 해군 지휘관들은 심슨 제독의 함대 편성에 적극 도움을 주었다.

그 덕분에 심슨 제독은 빠르게 함대를 편성할 수 있었다. 태평양함대는 2척의 최신예 전함을 포함한 8척의 전함과 4척의 지원함으로 편성되었다.

함대 편성을 마친 심슨 제독이 백악관으로 전보를 보냈다.


금일 출항! 반드시 승리하고 귀환하겠음.


그랜트 대통령에게 짧은 문장을 보낸 심슨 제독은 전 함대를 몰고 출항했다. 아직 파나마운하가 개통되기 전이어서 미국 동부에서 태평양으로 가려면 남미대륙을 돌아가야 한다.

노퍽을 출발한 함대는 남미대륙의 끝인 마젤란해협을 돌아 태평양으로 넘어왔다. 그리고 남미대륙을 타고 천천히 북상했다.

마군이 조선으로 넘어오면서 3척의 잠수함전대도 함께 넘어왔다. 잠수함전대는 그동안 마군의 사략 작전에 음양으로 큰 활약을 펼쳐 왔다.

마군은 전군의 간부화를 추진해 왔다.

조선의 군권 장악과 군사력을 증강시키기 위해서였다. 영관급 이상은 자동 승진했으며, 위관들도 교육을 이수시켜서는 승진시켰다.

부사관들 중 희망자들도 사관 교육을 시키고서 임관시켰다. 의외로 근무 연차가 많은 상사와 원사 중 다수가 현직을 고수했다.

일반 사병들도 희망자에 한해 사관 교육에 동참시켰다. 해군과 해병대는 지원제로 운용해서인지 많은 병사들이 사관 후보에 자원했다.

간부화는 조선군도 실시했다. 훈련도감 병력 중 5,000여

명을 초급 간부로 임관시켰다.

이어서 오군영과 무과 출신자들을 대상으로 한 2차, 3차 간부 교육에 이어지고 있었다. 이런 노력 덕분에 조선군 정예화에 필요한 간부들을 차곡차곡 양성해 나가고 있었다.

신채호의 함장 이용석도 승진했다.

본래 함장이 대령으로 승진하면 부장에게 지위를 넘겨주고 육상 근무를 한다. 그러나 이용석은 함장 경력이 짧아 당분간 신채호를 지휘하게 되었다.

마군은 미국이 난국을 타개하기 위해 대규모 함대를 보낼 것으로 예상했다. 그래서 처음으로 잠함전대를 전부 배치해 아카풀코를 감시해 왔다.

멕시코의 아카풀코(Acapulco)는 식민지 시절 필리핀 등을 연결하는 주요 항구였다. 스페인은 남미의 은을 가져다 동방에서 향료 등으로 교환했다.

이런 교역 덕분에 아카풀코는 식민지 시절 내내 번영을 구가했다. 그러다 멕시코와 남미대륙이 독립하면서 급격히 쇠락했다.

그러던 아카풀코가 반세기가 지나면서 점차 살아나고 있었다. 미국을 비롯한 아메리카 대륙 국가들이 아시아와의 교역을 조금씩 늘려 가고 있었기 때문이다. 그러나 과거의 영화를 되살리기에는 아직 많은 부분이 요원했다.

신채호는 다른 2척의 잠함에 이어 아카풀코 주변 바다에 배치되었다.

중요한 작전이지만 기약 없이 감시하는 일은 지난하다. 긴장의 끈이 풀어지면서 사기 저하는 물론이고 안전사고가 일어날 수도 있었다.

그래서 신채호는 처음부터 선체를 수면 위로 부상해 있었다. 그러고는 승조원들의 무료함을 달래기 위해 족구나 낚시 등을 허락한 상태였다. 이것은 잠함 신채호가 보유한 예인소나의 반경이 100여 킬로미터여서 가능했던 일이다.

오늘도 선상에서 족구가 열렸다.

함장 이용석도 처음에는 장병들과 함께 족구 경기에 참여했다. 그러다 분위기가 무르익는 것을 확인하고는 바로 빠져서 낚시를 던졌다.

그렇게 한쪽에서는 족구가, 다른 한쪽에서는 낚시가 한창 진행되고 있을 때였다.

띠! 띠! 띠!

갑자기 비상벨이 울렸다.

이용석이 바로 일어났다.

"무슨 일이야?"

잠망경 해치에 있던 간부가 소리쳤다.

"함장님! 레이더에 함대가 포착되었습니다. 그런데 규모가 엄청납니다."

이용석이 그대로 뛰어갔다. 그것을 본 선상의 장병들도 서둘러 족구를 마치고 주변을 정리했다.

"어디야?"

선실로 들어간 이용석이 레이더로 다가갔다. 대기하고 있던 음탐관이 모니터를 짚으며 설명했다.

"바로 여기입니다."

레이더는 물론 소나 자체가 없는 시대다. 그래서 신채호는 대놓고 음원을 발신한 다음 되돌아오는 음파를 분석하는 능동소나를 사용하고 있었다.

그래서 본래보다 더 멀리, 더 정확하게 적을 탐지할 수 있었다. 이용석도 알고 있는 사실이었기에 그 점을 지적했다.

"거리가 얼마나 떨어져 있지?"

"100km가 조금 넘습니다. 확인된 적함은 12척이고요."

이용석이 모니터를 짚었다.

"이 정도면 적함의 크기가 얼마 정도 되나?"

"3,000~4,000톤급입니다. 그리고 이 2척은 그보다 큰 5,000~6,000톤급이고요."

"휘! 미국이 아예 작정을 했구나."

부장이 거들었다.

"맞습니다. 동원할 수 있는 전력을 전부 투입했다고 해도 과언이 아닙니다."

이용석이 동의했다.

"그러겠지. 이대로 밀리면 안 된다는 절박감이 대단했겠지. 나라고 해도 모든 전력을 투입했을 거야. 부장."

"예, 함장님."

"저들의 실체를 확실히 파악하기 위해 아카풀코 인근까지 접근한다. 준비하라."

"예, 알겠습니다."

이어서 신채호는 조용히 잠수했다.

4장

몇 시간 후.

　미 태평양함대가 아카풀코에 모습을 보였다. 무려 12척이나 되는 함대 출현에 항구 전체가 긴장했다.

　그러나 미국 깃발을 본 아카풀코는 이내 환영의 깃발을 내걸었다. 식민지 전성기에도 없었던 대규모 함대가 입항하면서 항구 일대가 꽉 찼다.


　노퍽에서 떠난 지 한 달여가 흘렀다.

　심슨 제독은 여독을 풀어 준다는 명목으로 병사들의 외출을 허가해 주었다. 그 바람에 아카풀코는 도시 전체가 들썩였다.

태평양함대는 아카풀코에서 며칠을 머물렀다. 그러는 동안 병사들의 휴식은 물론 석탄 보급을 포함한 각종 생필품도 풍족하게 채웠다.

"출항하라!"

드디어 태평양 횡단이 시작되었다.

심슨 제독은 남미대륙을 거슬러 올라올 때와는 기분이 전혀 달랐다. 그는 함대기함의 선수에서 크게 심호흡하고서 다짐했다.

"어떤 일이 있더라도 태평양의 주인은 미합중국이 되어야 한다. 그러기 위해서는 이번 원정에서 반드시 승리해야 한다."

심슨이 이런 다짐을 하고 있는 기함에서 얼마 떨어지지 않은 바다.

그곳에서는 신채호가 선체를 바다 밑에 숨긴 채 잠망경으로 미 태평양함대를 지켜보고 있었다.

"부장, 지리산이 얼마나 떨어져 있지?"

"본 함에서 100㎞입니다."

"그러면 지리산에서도 미국 함대의 출항을 파악했겠구나."

"그럴 것입니다."

"그래도 모르니 연락해 주도록 해라, 목표물이 둥지를 벗어났다고."

"예, 알겠습니다."

부장이 교신하는 동안에도 이용석의 시선은 잠망경에서 떨어지지 않았다. 교신을 마친 부장이 보고했다.

"지리산도 레이더로 적함대의 출항을 파악했다고 합니다."

"좋아. 그러면 작전해역까지 이 상태로 항해한다. 부장은 적에게 선체가 노출되지 않도록 최대한 조심해서 운항하도록 하라."

"예, 알겠습니다."

이때부터 신채호는 미 태평양함대와 적당한 거리를 유지하며 운항했다. 미 태평양함대는 전방에 무슨 위험이 도사리고 있는지도 모르고 함대의 위용만을 믿으며 대양을 가로질렀다.


그렇게 10여 일이 지났다.

신채호의 무전기로 통신이 날아들었다.

─신채호, 여기는 백령도. 작전해역에 도착했다.

이용식이 바로 무전을 받았다.

─신채호 함장이다. 윤 제독님을 부탁한다.

이어서 윤보영이 무전을 잡았다. 백령도 함장이었던 윤보영도 제독으로 승진해 있었다.

─윤보영이다. 고생이 많다. 이 함장.

─충성! 아닙니다.

-통신관의 보고에 따르면 적 함대가 250㎞까지 접근했다. 그래서 작전을 내일 여명 직전에 거행하려고 한다.

　-알겠습니다. 저희도 거기에 맞춰 준비하겠습니다.

　-적 함대 나포도 중요하지만 인명피해를 줄이는 것이 최상이다. 그러니 특전대원들에게 안전에 최대한 유의하라고 전하라.

　-알겠습니다. 부디 작전이 성공해 제독님께서 새로운 함대를 지휘하시길 바랍니다.

　윤보영이 크게 웃었다.

　-모사재인 성사재천이라고 했다. 아무리 좋은 계획이라도 하늘이 도와주지 않으면 어려워.

　-그래도 이번과 같은 작전은 회귀 전에도 없었습니다. 반드시 좋은 결과가 있을 것이라 믿어 의심치 않습니다.

　-나도 솔직히 기대가 많아.

　-아! 그리고 저희가 직접 파악한 바로는 미군 함대 중 2척이 5,000~6,000톤급 최신형이라고 합니다.

　그 말에 흥분했는지, 윤보영의 목소리가 높아졌다.

　-그래? 당장 무인정찰기를 띄워 봐야겠구나.

　-예, 확인해 보시고요. 아마도 그 2척 중 1척이 기함으로 보입니다.

　-그렇겠지. 좋은 정보 고맙다.

　-아닙니다.

　-그만 들어가라. 다시 연락하겠다.

　-예, 알겠습니다. 충성!

-충성!

신채호와 교신을 마친 백령도는 곧바로 무인정찰기를 날렸다. 3기의 무인정찰기는 레이더의 유도를 받으며 유유히 비행했다.

그렇게 2시간여가 지났을 무렵.

작전 상황실 대형 스크린에 미 태평양함대가 보이기 시작했다. 처음에는 1기에서 전송된 화면만 비추던 대형 스크린은 곧 화면이 셋으로 분할되었다.

지광천은 해병여단참모장이었다. 그런 그가 대령으로 승진하면서 얼마 전 해병여단장이 되어 이번 작전을 지휘하고 있었다.

지광천이 화면을 보며 감탄했다.

"이야, 대단합니다. 저 장면을 보니 마치 과거의 미 태평양함대를 보는 기분입니다."

윤보영도 인정했다.

"그러게 말이야."

지광천이 화면을 가리켰다.

"기함의 규모가 겉으로 보기에는 우리 이지스함과 비슷할 정도로 큽니다."

"원료를 석탄으로 사용하잖아. 그래서 석탄 저장고도 상당할 거고 보일러도 커서 기관실 규모도 크잖아. 더구나 포탄은 아직 흑색화약을 사용하고 있기 때문에 포탄의 크기도 만만치 않을 것이고."

"덩치만 크다는 말이군요."

"그렇지. 저 전함의 주포가 12인치인 데에 반해 유효사거리는 5㎞도 되지 않아."

"그러면 화약만 바꿔도 사거리는 당장 2배로 이상으로 늘어나겠습니다."

"바로 그거야. 우리 화약으로 교체한다면 함포의 위력도 훨씬 강력해지게 되어 있어."

"제독님께서 기대가 크신가 봅니다."

윤보영이 크게 고개를 끄덕였다.

"물론이지. 그동안 우리는 나포한 미국 전함으로 조선 수군을 훈련시켜 왔어. 그렇게 훈련받은 수군이 5,000여 명에 이르고 있어. 그 병력에 더해 우리 병력이 투입된다면 제대로 된 함대를 창설할 수 있을 거야."

"함대를 창설하려면 나포한 전함의 기관실과 외형도 전면 개장해야 하지 않겠습니까?"

"당연히 그래야겠지. 원료를 중유로 교체하는 작업도 해야 하고 외형도 새롭게 개조해야겠지. 그러나 지금까지 축적해 온 경험이 있어서 시간이 필요할 뿐, 개장은 별로 어렵지는 않을 거야."

지광천도 동조했다.

"그건 그렇습니다. 연돌만 바꿔도 외형이 크게 변하기 때문에 시간도 많이 걸리지 않을 겁니다."

"그렇지. 석탄 원료의 기관은 연돌도 높고 커야 하는데 중유는 그럴 필요가 없어."

"예, 거기다 돛도 전부 제거하고 갑판 등을 적절히 손본다면 알아보기 쉽지 않을 겁니다."

윤보영이 크게 웃었다.

"하하하! 그 정도면 전면 개장이나 마찬가지야. 그리고 우리 함대가 타국 항구에 입항할 일은 당분간은 없어. 그래서 나포한 전함이라는 사실이 쉽게 드러날 일은 없을 거야."

"맞는 말씀입니다."

윤보영의 말을 들으며 윤보영은 힐끔 시계를 확인했다. 어느새 시간이 제법 흘러 있었다.

"지 여단장, 작전시간이 얼마 남지 않았어. 특전대원과 해병대원들의 상황을 점검해야 하지 않겠어?"

"그렇게 하겠습니다."


비슷한 시각.

백령도 회의실에서는 이번에 출전하는 장병들의 회의가 열리고 있었다. 회의는 특보 자격으로 참여한 대진이 주관했다.

"이번 해상 대작전에는 여러 의미가 내포되어 있습니다. 가장 중요한 의미는 몇 년 전에 일어난 신미양요에 대한 응

징입니다.”

신미양요라는 말에 모든 장병들이 이를 갈았다.

“미국은 자국의 이익을 위해 5척의 함대와 1,500여 명의 병력으로 침략했습니다. 그 전쟁에서 조선은 수백 명의 전사자가 발생했고요. 우리는 그에 대한 대가를 이번 전투에서 반드시 받아 내야 합니다.”

모두가 굳은 표정을 지었다.

“그리고 장차 최강대국으로 성장하게 될 미국의 예봉을 꺾는 일입니다. 지금 상황으로 봤을 때 이번 전투에서 우리가 승리한다면 미국은 한동안 태평양 방면으로 눈을 돌릴 수 없게 됩니다. 그런 틈새를 우리가 파고들어야 북태평양을 우리 앞마당으로 만들 수가 있습니다.”

누군가 손을 들었다.

“그러면 하와이도 공략하게 됩니까?”

대진이 고개를 저었다.

“거기에 대해서는 아직 정해진 정책이 없습니다.”

“특보님의 사견은 어떻습니까?”

대진이 웃으며 대답했다.

“당장이라도 진출하고 싶지요. 솔직한 사견으로는 하와이가 독립 왕국으로 계속 남도록 도움을 주고 싶습니다. 그러면서 미국의 태평양 진출을 견제하고 싶고요.”

다른 장병이 나섰다.

"저도 특보님의 의견에 적극 동의합니다. 기록에 따르면 미국이 아직 진주만을 얻지 못한 상황입니다. 만일 우리가 하와이 왕국과 협상해서 진주만을 얻게 된다면 미국의 태평양 진출을 막을 수 있지 않겠습니까?"

대진이 눈을 크게 떴다.

"오! 그거 좋은 생각이네요. 귀관의 말이 사실이라면 하와이 국왕과 적극 교섭해 보는 것도 좋은 방안이 되겠습니다."

다른 장병이 바람을 밝혔다.

"이번 작전 결과가 부디 좋게 나오기를 바랍니다. 우리가 이번 작전에 성공한다면 미국의 위상 자체가 크게 흔들릴 수밖에 없지 않겠습니까?"

대진도 동조했다.

"당연히 그렇게 되겠지요."

"그리되면 상당한 혼란이 예상될 것입니다. 저는 그런 기회를 놓치지 않고 하와이에까지 손을 뻗쳤으면 합니다. 그리고 태평양에서 날뛰고 있는 고래잡이 선박부터 몰아내야 합니다."

다른 장병이 적극 동조했다.

"좋은 의견입니다. 공업 발전을 위해서는 막대한 윤활유가 필요합니다. 그런 윤활유를 미국은 지금 고래에서 추출한 기름으로 사용하고 있습니다. 만일 그런 행위를 막을 수가 있다면 미국의 공업화에 큰 자질을 빚게 될 것입니다."

대진이 감탄했다.

"놀라운 제안이군요. 미국의 공업 발전을 늦추기 위해 고래를 잡지 못하게 하자니. 알겠습니다. 그 문제는 이번 작전이 끝나고 나서 진지하게 논의해 보겠습니다."

대진이 모두를 둘러봤다.

"지휘부에서는 조선이 안정되지 않은 상황에서 외부 진출은 시기상조로 생각하고 있었습니다. 그 대신 이번 작전에서는 태평양의 요충지인 웨이크섬을 장악하기로 했었지요. 그런데 귀관들의 제안을 듣고 보니 좀 더 눈을 외부로 돌려도 될 것 같다는 생각이 드네요. 그렇지만 하와이 진출은 미묘한 사안이니만큼 신중히 접근해야 합니다. 그러나 작전을 마치고 지휘부에 적극 의견을 올려 보겠습니다. 아울러 고래사냥에 관한 건도요."

"감사합니다."

대진이 주의를 주었다.

"어떤 작전이든 마찬가지겠지만 여러분의 안전이 우선입니다. 그러니 생명이 위급한 사안이 발생한다면 주저 없이 퇴각해야 합니다."

특전팀장이 나섰다.

"최루가스에 이어 새로 개발된 마취가스까지 투입하면 제압은 크게 어렵지 않을 겁니다."

"그래도 조심하세요."

"예, 특보님."

대진이 대원들과 작전을 재확인했다. 그러고는 머리를 맞대고서 미진한 부분을 함께 토론했다.

조선에 와서 회의도 달라졌다.

조선에 오기 전이라면 이런 회의는 일방적으로 진행되기 일쑤였다. 그러나 지금은 모든 장병들이 개인적인 의견을 서슴없이 개진할 정도다.

그만큼 회의는 자유스러웠으며 장병들의 열의 또한 그 어느 때보다 뜨거웠다. 이런 도중 여단장이 들어오면서 회의는 더 열기를 띠었다.

이날 장병들은 평상시보다 일찍 잠자리에 들었다.

그리고 다음 날 새벽.

삐! 삐! 삐! 삐!

비상벨이 울리며 갑판이 환해졌다.

그리고 몇 분 지나지 않아 선실에서 장병들이 쏟아져 나왔다. 갑판에 있던 12기의 V-22는 이미 입구를 개방해 놓고 있었다.

선실을 나온 장병들은 미리 지정된 V-22로 순식간에 탑승했다. 백령도는 동시에 6기의 V-22가 이착륙할 수 있다.

그래서 장병들을 탑승시킨 V-22기가 차례로 날아올랐다. 그 뒤를 이어 나머지 6기도 로터 소리를 남기며 하늘로 날아올랐다.

드디어 해상 대작전이 시작되었다.

이번 작전에 대진도 참여했다.

대진의 작전 참여는 국왕과 대원군의 요청에 의해서였다. 조선은 4년 전 벌어졌던 신미양요에서 막대한 피해를 입었다.

승리를 하기는 했다.

그러나 수백 명이 전사했으며 포로도 20여 명이 발생했다. 특히 조선 최고의 대포인 불랑기포 500여 문과 총기 20,000정을 잃어야 했다.

이 여파는 악몽이 되었다.

병인양요에 이은 신미양요로 강화도 일대의 수비력이 거의 망실되었다. 그 바람에 270여 톤에 불과한 일본의 운양호도 막지 못하고 굴복해야 했다.

그 결과 굴욕적인 강화도조약을 체결되며 조선은 망국의 수렁으로 빠져들었다.

물론 위정척사파와 개화파의 논쟁에서 개화파가 승리한 것도 이유이기는 했다. 그러나 두 번의 양요의 피해를 회복하지 못한 여파로 인해 일본에 굴복한 것은 분명한 사실이었다.

조선에서 작전이 벌어진다는 사실을 알고 있는 사람은 국왕과 대원군뿐이다. 아직 나라가 안정되지 않았으며, 미국과의 향후 관계를 고려해 비밀리에 작전을 진행했기 때문이다.

국왕과 대원군은 신미양요에서 당한 원한을 결코 잊지 않았다. 그런 두 사람은 미국을 철저하게 응징해 주기를 바랐다.

대진은 이런 두 사람의 열망을 안고 작전에 참여하게 된 것이다.

기장의 목소리가 스피커를 통해 나왔다.

"목표 도착 5분 전!"

특전팀장이 헤드셋으로 지시했다.

"장비 점검!"

대진이 능숙하게 각종 장비를 점검했다.

"도착 2분 전!"

"전원! 방독면 착용!"

"도착 2분 전!"

특전팀장이 소리쳤다.

"전원, 자세 고정! 후문 개방!"

뒷문이 열리면서 후끈한 바람이 몰아쳤다. 대진은 앉은 채로 방독면과 소지품을 한 번 더 챙겼다.

"서치라이트 오픈!"

순간 12기의 V-22에서 목표물을 향해 강력한 빛이 쏟아졌다. 여명 직전의 어둠을 뚫고 쏟아진 불빛은 목표물 갑판을 하얗게 만들었다.

"폭탄 발사!"

퐁! 퐁! 퐁! 퐁!

대기하고 있던 대원들이 일제히 유탄발사기를 발사했다.

그렇게 발사된 유탄은 정확히 갑판을 명중하며 폭발했다.

펑! 펑! 펑! 펑!

마군은 사략 작전을 진행하면서 최루탄을 애용해 왔다. 군에서 사용하는 최루탄이었기에 성능은 데모 진압용보다 강력하기는 했다.

그러나 가끔 최루탄에 내성을 가진 적군이 문제가 되었다. 마군은 이런 문제를 해결하기 위해 탄환을 개조했다.

개조된 탄환에는 최루가스뿐만 아니라 수면을 유도하는 마취가스를 추가로 주입했다. 마취가스를 흡입하면 한동안 정신을 잃는데, 일부는 이상 반응이 나타나기도 한다.

그래서 회귀 전에는 국제적으로 금지된 약품이었다. 그러나 승리를 위해 소이탄까지 만든 마군으로선 이를 전혀 개의치 않았다.

대진이 갑판을 내려다봤다.

조용하던 갑판에 강력한 서치라이트가 비치면서 곳곳에서 미군이 보였다. 그런 미군들은 가스를 흡입하고는 괴로워하거나 축 늘어져 있었다.

이때였다.

"전원 하강!"

드디어 현수하강이 시작되었다.

밧줄을 이용한 하강은 대진도 무수히 훈련받아 왔었다. 그랬기에 자신의 차례가 되자 능숙하게 밧줄을 잡고는 하강했다.

탕! 탕! 펑! 펑!

유탄이 터지고 총격이 시작되었다.

대원들은 빠르게 갑판을 장악해 갔다. 갑작스러운 공격에 미군은 속수무책으로 갑판을 내주었다. 그렇게 갑판을 장악한 대원들은 이내 선실 문을 열고서 유탄을 발사했다.

펑! 펑! 펑! 펑!

"흑! 흑!"

대진도 방독면을 찬 탓에 거친 숨을 내뿜으며 선실 수색에 동참했다. 수없이 쏘아 대는 유탄으로 선실 복도는 이미 연기로 자욱했다.

쾅! 펑!

대진이 선실 하나를 발로 찼다. 이어서 유탄을 발사하고서 잠깐 기다렸다가 안으로 들어갔다.

"으! 으!"

선실에는 적군 한 명이 꿈틀거리며 고통스러워했다. 고통스러워하는 적을 사살하려던 대진이 멈칫했다.

전투모에 달려 있는 불빛에 비친 적군의 군복이 예사스럽지 않아서였다. 대진이 급히 선실을 훑어보고는 다시 적을 바라보고서 확신했다.

"적장이다!"

대진이 제압한 적은 심슨 제독이었다. 대진이 급히 다가가 그의 두 팔에 수갑부터 채웠다.

이어서 뒤따라오던 대원에게 지시했다.

"이자가 함대사령관이다. 그러니 정중히 바깥으로 모시도록 하라."

"예, 알겠습니다."

대진이 영어로 경고했다.

"제독, 순순히 우리의 지시를 따르시오. 만일 지시에 불응한다면 이유 여하를 막론하고 사살할 것이오."

이어서 대원에게도 같은 지시를 했다.

"끌고 가라."

심슨 제독을 인계한 대진이 다시 움직였다. 잠깐 사이였지만 앞서간 대원들로 인해 주변 선실은 이미 피로 가득했다.

그러나 그런 참혹한 풍경에도 대진은 눈도 깜빡하지 않았다.

그러고는 열려진 선실들을 거침없이 지나 아래층으로 내려갔다. 이미 쏘아 놓은 유탄으로 인해 선체는 아래로 내려 갈수록 가스로 사방이 뿌옇다.

그러나 대원들은 거기에 조금도 구애받지 않고 행동했다. 대진이 닫혀 있는 선실을 발견하고는 다시 발로 걷어찼다.

쾅!

선체 하부에 자리한 선실은 좁다.

그런 선실을 이어 주는 복도 또한 좁아서 자유롭게 운신하기가 쉽지 않았다. 그러나 이미 몇 차례 사략 작전에 참여했던 대원들은 능숙하게 선실을 장악해 나갔다.

그리고 일부 대원들은.

가장 중요한 탄약고와 화재 위험이 큰 기관실을 점령하기
위해 달려갔다. 이런 대원들은 적절한 시기를 봐 가며 유탄
을 발사하며 길을 뚫었다.

펑! 펑! 펑! 펑!

이런 와중에 만난 적은 이유 여하를 막론하고 사살했다.

탕! 탕! 탕! 탕!

워낙 가까운 거리였다. 더구나 폭이 좁은 선실 복도여서
적군을 백발백중 사살했다.

그렇게 적군을 사살하며 달려 내려간 대원들은 탄약고부
터 먼저 점령했다. 그러고는 다시 일부 병력만 남겨 놓고는
가장 심부에 있는 기관실로 달려 내려갔다.

탕! 탕! 탕! 탕!

얼마의 시간이 지났을 때였다.

"기관실 점거 완료!"

"탄약고 점거 완료!"

헤드셋으로 낭보가 날아들었다.

낭보에 대원들은 환호했다.

그러나 환호는 마음속으로만 할 뿐 겉으로는 여전히 차분
하게 선실을 점령해 나갔다. 주요 거점을 점령했기에 달려가
는 다리에 힘이 더 들어갔으며, 소총을 들고 있는 팔은 훨씬
가벼워졌다.

그렇게 얼마의 시간이 다시 지났다.

"최하층 선실 점령 완료."

팀장이 지시했다.

"탄약고와 기관실을 제외한 모든 대원들은 거꾸로 올라가며 선실을 확인한다."

"감지!"

"감지!"

"숨어 있는 적이 있을지 모르니 모든 선실을 철저하게 점검하라!"

"감지!"

"감지."

작전이 진행되는 동안 차츰 여명이 밝아졌다. 시간이 지날수록 작전 강도는 높아졌으며 날이 완전히 밝아질 즈음에야 끝이 났다.

"1번 목표 진압 완료!"

"2번 목표 진압 완료!"

작전이 성공했다는 보고가 V-22의 1호기로 날아들었다. 기내에서 작전을 지휘하던 지 여단장이 참모들과 미 함대 기함으로 내려왔다.

타! 타! 타! 타!

V-22편대는 만일에 대비해 대기하고 있었다. 그러다 작전이 성공하자 지휘부를 내려놓고는 재급유를 위해 서쪽으로

날아갔다.

대진이 여단장을 맞았다.

"충성! 어서 오십시오."

지광천이 바로 답례를 했다. 그런 그는 가장 중요한 사안부터 질문했다.

"고생이 많았다. 인명피해는?"

"경상 3명 이외에는 없습니다."

"다행이구나."

지광천이 여단참모에게 지시했다.

"참모들은 각 팀의 피해 상황부터 파악해."

참모들이 각자 헤드셋을 켜고는 상황 파악을 시작했다. 그리고 잠깐의 시간이 지나서 보고가 시작되었다.

"……이상입니다."

"다행이구나. 사망자는 물론 중상자도 한 명 발생하지 않았어."

대진이 거들었다.

"새롭게 만든 마취가스가 큰 역할을 했습니다."

"그러게 말이야. 최루가스에 내성이 있는 자들도 마취가스에는 견디지 못한 것 같아."

지광천이 다시 지시를 내렸다.

"포로부터 갑판으로 올리도록 하라."

적함을 장악했다고 작전이 끝난 것은 아니다. 목숨을 걸어야 하는 시간은 지났으나 지금부터는 힘들고 험한 일을 할 때가 되었다.

　그럼에도 대원들은 지시를 수행해 나갔다.

　선실로 내려간 대원들은 복도에 설치된 유등부터 밝혔다. 미군 전함이 사용하는 유등은 고래기름을 사용하고 있었다.

　고래기름은 불포화지방산을 거의 함유하지 않고 있다. 더구나 종류가 다양해서 윤활유로 사용하거나 유등의 원료, 비누, 화장품 등에 사용된다.

　고래기름은 특히 실내에 두어도 악취를 발생하지 않는다. 더구나 오래 두어도 굳어지는 점조성(粘稠性)을 띠는 일이 없으며 빛이 밝다.

　그래서 서양에서는 오래전부터 고래기름으로 유등을 밝혀왔다. 미국 전함도 이런 영향을 받아 고래기름으로 유등을 밝히거나 초를 만들어 썼다.

　유등을 밝히자 칠흑 같던 복도와 선실이 순식간에 밝아졌다. 대원들은 선실을 뒤지며 살아 있는 포로들만 갑판으로 옮겼다.

　그런 포로들이 정신을 차리면서 그들을 이용해 본격적인 시신 수습에 나섰다. 마군은 적군이라고 해도 사망자를 함부로 다루지 않았다.

　수습한 시신은 천으로 쌌다.

　그리고 3,000톤급 지원함 1척을 완전히 비우고는 미군 시신을 전부 옮겼다. 이 작업을 하는 데만 하루가 넘게 걸렸다.

다음 날 오전.

"여단장님, 작업이 완료되었습니다."

보고받은 지광천이 명령했다.

"자침을 실시하라."

꽈꽝! 꽝!

미리 준비한 폭약이 폭발하면서 거대한 불기둥을 뿜어 올렸다. 그렇게 폭발한 지원함이 수장되기까지 꽤 시간이 걸렸다.

그러던 어느 순간이었다.

지광천이 헤드셋을 통해 지시했다.

"일동 주목! 비록 적이지만 바다로 돌아가는 바다 사나이들이다. 그런 사나이들에게 경의를 담아 마지막 인사를 하자. 전체 차렷. 경례."

11척에 승선해 있던 모든 대원들이 일제히 경례했다. 지광천이 잠깐의 시간을 두고 구령했다.

"바로! 각자 위치에서 임무를 재개하라."

대원들이 다시 움직였다. 그리고 포로들을 동원해 대대적으로 갑판과 선실 청소를 실시했다.

미군사령관인 심슨 제독은 이때 지휘부와 함께 있었다. 마군은 그를 예우 차원에서 포박을 풀어 주었다. 물론 감시하고 있었지만 행동에는 지장이 없었다.

심슨 제독은 크게 놀랐다.

자신이 제약 없이 풀려 있는 상황도 놀랐다. 그런데 더 놀라운 점은 마군의 사후 일 처리였다.

마군은 적군인 자신들의 시신을 최대한 정중히 수습해 주었다. 그리고 그냥 바다에 수장하지 않고 수송함에 거둬 자침시켜 주기까지 했다.

해군으로선 최고의 예우였다.

물론 시신이 발견되는 경우를 막기 위한 조치로 폄훼할 수도 있다. 그러나 3,000톤의 수송함을 자침시키면서까지 할 조치는 아니었다. 더구나 망망대해에서 수습한 시신이 발견되는 경우는 극히 드물기도 했다.

놀란 것은 심슨 제독만이 아니었다.

마군의 무차별 진압에 많은 미군이 죽어 나갔다. 그럼에도 전체 병력의 1/4 정도는 살아남았으며 이들은 전부 갑판에 올라와 있었다.

이들은 마군의 조치에 놀라면서 감동했다.

이 시대 해군은 해적이나 다름없어 거칠고 험악했다.

선상 폭력은 너무도 당연했다.

항구에 입항하면 술집은 난장판이 되었고 대규모 폭력 사태도 수시로 발생한다. 상선도 무장이 약한 상선을 보면 바로 해적으로 돌변하기 일쑤였다.

특히 사략 행위가 법에 보장된 미국 상선들은 그 정도가 더 심했다. 이런 미군 포로들에게 마군의 조치는 너무도 생경하고 낯설었다. 자신들이었다면 적군은 수습도 않고 그냥 바다에 버렸을 것이기 때문이다.

그래서일까, 이후부터 미군들은 마군의 지시에 적극적으로 따랐다.

포로들은 전함 운용에도 적극 협조했다. 포로의 상당수가 쿨리들이어서 병력 충원 없이 나포한 함대를 운용할 수 있었다.

전함 지휘는 마군 지휘관들이 직접 했다.

"출발하라."

심슨 제독이 탄 기함이 먼저 이동했다.

그런 기함의 뒤를 다른 전함들이 따르면서 함대 전체가 천천히 해역을 벗어났다. 이렇게 이동을 시작한 미군 함대는 이후 두 번 다시 세상에 나타나지 않았다.

5장

이동을 시작한 함대 주변을 백령도를 비롯한 제7기동함대 전함들이 에워싸고 있었다. 그러나 나포된 함대에서는 이런 사실을 전혀 눈치채지 못하고 있었다.

나포된 함대는 북상했다.

함대를 완전히 장악한 상태가 아니어서 이동속도는 평상 시보다 훨씬 느렸다. 그로 인해 1차 목적지에 도착했을 때에는 며칠이 지났다.

지난 며칠 동안 심슨 제독과 대진은 많은 대화를 나눴다. 심슨으로선 자신과 부하들의 처지를 걱정해서였으며, 대진은 미국에 대한 정보를 하나라도 더 알고 싶어서였다.

동상이몽이었지만 성과는 많았다.

대진은 지시에 협조한다면 생명은 보존해 주겠다고 약속했다. 심슨 제독은 그 약속을 믿고 부하들에게 전폭적인 협조를 지시했다.

그 덕분에 항해하는 내내 순항할 수 있었다. 서로 간의 신뢰가 쌓여서인지 시간이 지날수록 대화는 깊어졌다. 대진은 군사 부문을 제외한 미국의 현실을 상당 부분 정확하게 알 수 있었다.

이러다 목적지에 도착했다.

"닻을 내리고 하선을 준비하라!"

심슨 제독은 오랫동안 해군에 복무했다.

그랬기에 대부분의 태평양군도는 알고 있었다. 그러나 이번에 정박하는 섬에 대한 정보는 머릿속에 들어 있지 않았다.

심슨 제독이 대진을 바라봤다.

"이 섬이 어디요?"

"웨이크섬이라고 들어 보셨습니까?"

심슨 제독이 고개를 갸웃했다.

"웨이크섬이오?"

"예, 본래는 16세기 말 스페인 탐험가들에 의해 발견되었지요. 그러나 섬에 식수가 없어서 그대로 버려졌던 섬이고요. 그러다 1796년 영국의 상선 선장인 웨이크가 자신의 이름을 따 웨이크섬이라 명명되었지요."

"아! 그러고 보니 들어 본 기억이 납니다. 그런데 식수도 없는 섬에 우리를 버려두려는 겁니까?"

대진이 웃었다.

"하하하! 그럴 리가 있겠습니까? 처음에도 말씀드렸지만 미군 포로를 해칠 거였다면 벌써 수장시켰을 겁니다."

"그런데 왜 식수도 없는 섬에 정박하는 겁니까?"

"우리에게는 바닷물을 담수로 만드는 기술이 있습니다. 그 기술을 이 웨이크섬에도 적용했지요. 그래서 이 섬은 이제 사람이 살 수 있는 섬이 되었답니다."

그 말에 심슨 제독의 눈이 더없이 커졌다.

"바닷물을 담수로 만들 수 있다고요?"

"예, 그렇습니다. 그래서 지금까지 버려 둔 이 섬을 이번에 본국 영토로 만들었습니다."

대진이 해변 너머를 손으로 가리켰다. 그곳에는 10여 동의 건물이 들어서 있었으며 그 중앙에는 태극기가 게양되어 있었다.

심슨 제독이 고개를 갸웃했다.

"저게 어느 나라 국기입니까?"

"조선입니다."

"조선이라면……."

심슨 제독의 눈이 커졌다.

"조선은 존 로저스(John Rodgers) 제독이 개항을 시도하려다가 실패했던 나라아니오?"

대진이 고개를 저었다.

"말을 똑바로 해야지요. 당시 존 로저스 제독은 무력으로 조선을 강제 개항하려 했습니다. 그러다 조선의 강력한 저항에 실패하고 철수했고요."

"……."

"그 전쟁으로 인해 조선은 무려 500여 명의 무고한 장병이 전사했습니다. 그뿐만 아니라 500문의 야포와 수만 정의 소총을 노획당했지요."

"……우리 함대를 공격한 것이 그에 대한 보복입니까?"

"전혀 아니라고 할 수는 없습니다."

심슨 제독의 표정이 급해졌다.

"그동안 우리 미국의 상선과 전함이 10여 척 실종되었습니다. 그 사건에 혹시 조선이 개입되어 있는 겁니까?"

대진이 부인하지 않았다.

"전부 개입된 것은 아닙니다. 그러나 아니라는 말을 할 수는 없네요."

심슨 제독이 한숨을 내쉬었다.

"하아! 그렇군요. 지금까지 일어난 일련의 사건이 전부 존 로저스 제독의 무모한 개항 시도에 대한 복수 때문이었군요."

"……."

"그런데 우리는 어떻게 되는 겁니까? 이 섬에 갇혀서 포로 생활을 해야 합니까? 아니면 다른 곳으로 이동해야 하는 겁니까?"

"……."

대진이 즉답하지 않았다.

그것을 본 심슨 제독이 탄식했다.

"아아! 우리가 머무를 곳은 이곳이 아니라 다른 곳이란 말이군요. 그리고 조선이란 비밀을 털어놓은 것을 보니 우리가 살아서 가족을 만날 방도는 전혀 없다는 거로군요."

"……다시 한번 더 말씀드리겠습니다. 지금까지도 그래 왔지만 앞으로도 우리 지시에 따라 준다면 생명이 위협당하는 일은 없을 겁니다."

이번에는 심슨이 말을 못 했다. 한동안 복잡한 표정을 짓던 그가 천천히 입을 열었다.

"죽이지는 않는다는 말이군요."

"그렇습니다."

심슨 제독이 고개를 저었다.

"자유를 억압당한 상태에서의 삶이 무슨 의미가 있겠습니까? 더구나 가족도 만나지 못한다면 그 삶은 지옥이나 다름없지요."

"꼭 그렇지도 않습니다. 오면서 포로를 조사한 바에 따르면 절반 이상이 미혼자이더군요. 더구나 결혼한 자들도 거의 가정을 도외시하고 있고요. 특히 기관실 화부로 일하는 청국인 쿨리들은 거의 노예나 다름없더군요."

"……."

대진의 날카로운 지적에 심슨 제독의 입이 붙어 버렸다. 얼굴이 붉어지는 그의 가슴에 대진이 못을 박았다.

"제독님께서 걱정하는 가족과 헤어진 사람들은 사관 이상의 간부들이 전부입니다. 그리고 그 숫자는 포로들의 1/10 정도이고요."

대진의 지적이 가슴을 후볐다. 그래서인지 심슨 제독은 어떠한 변명도 하지 않았다.

"……."

"마음이 많이 아프시다는 건 압니다. 그런데 모든 전함과 병력을 잃은 제독님께서 귀환한다면 남은 삶은 결코 평탄하지 않을 겁니다. 평생을 고통 속에 힘들어하거나 술에 취해 살아야겠지요. 그런 제독님을 바라보는 가족들은 더 힘들 것이고요."

심슨 제독이 한숨을 내쉬었다.

"후!"

"미안한 말씀이지만 제독님의 명예를 위해서라도 돌아가지 않는 것이 좋습니다. 그래야 제독님과 제독님의 후손들만큼은 존경받는 삶을 살게 될 것입니다."

너무도 뼈아픈 지적이었다.

화를 낼 수조차 없는 정확한 지적에 반박조차 할 수가 없었다. 대진의 말을 들으며 심슨 제독은 몇 번이고 한숨만 내쉬었다.

"……후!"

"실패는 한 번으로 족합니다. 장담하건대 제독님은 귀환하더라도 두 번 다시 지휘봉을 잡지 못할 것입니다. 아니, 명예로운 죽음을 택하지 못한 제독님을 모든 사람들이 비난하게 될 것입니다. 그뿐이 아니라 후손들도 미국 역사상 가장 큰 패전을 당한 지휘관의 후예라는 멍에를 짊어지고 살아야 할 것입니다."

이야기가 계속될수록 심슨 제독의 얼굴이 붉으락푸르락했다. 대진은 그런 심슨 제독을 바라보며 차분히 설득했다.

"미국 정부의 입장에서도 패전보다는 함대가 사라진 것이 좋습니다. 물론 한동안 극심한 혼란을 겪기는 하겠지요. 그러나……."

대진이 더 말을 잊지 못했다. 놀랍게도 심슨 제독이 손을 들어 말을 제지했기 때문이다.

"그만하시오. 그대가 무슨 말을 하려는지 알겠소이다. 우선 확인할 사안이 있소."

대진이 내심 반색했다. 심슨 제독이 조건을 제시한 것은 자신의 제안을 받아들일 준비가 되었다는 의미였기 때문이다.

"말씀해 보십시오."

"최종 목적지에 도착하면 우리는 노역을 하게 되겠지요?"

"그렇습니다."

"그러면 우리들만 따로 분리해 줄 수 있습니까? 그렇게 해 준다면 내가 책임지고 병력을 통솔하겠소이다."

대진이 바라는 바였다.

"제독님께서 명예를 걸고 약속하신다면 그렇게 해 드리겠습니다."

심슨 제독이 피식 웃었다.

"나는 패전지장이오. 그것도 12척이나 되는 대규모 함대를 전멸시킨 제독에게 무슨 명예가 있다고 그런 말을 하시오?"

"그렇지 않습니다. 동양에는 불가항력(不可抗力)이란 말이 있지요. 그 말처럼 제독님은 단지 상대할 수 없는 전력을 보유한 적과 싸웠을 뿐입니다. 그러니 너무 자책하실 필요는 없습니다."

상대할 수 없는 적에게 졌으니 너무 억울해하지 말라는 의미다. 어떻게 보면 말장난에 불과했으나 심슨은 묘하게 위안이 되었다.

"그런 말을 해 주니 고맙소."

"아닙니다. 진심으로 드리는 말씀이니 곡해하지 마십시오."

"어쨌든 마음의 위안은 되었소이다."

"다행입니다."

심슨은 몇 가지 조건을 더 내밀었다. 대진은 그의 말을 들으며 심정적으로 굴복했다는 것을 느끼면서 흔쾌히 그 조건을 수락했다.

위대한
항해

마군은 미군 포로들을 웨이크섬에 전부 하선시켰다. 각 함정에 흩어져 있는 포로들을 분류하기 위해서였다.

심슨 제독은 하선하지 않았다.

그 대신 대진의 배려로 고위 지휘관들을 기함으로 불러올렸다. 이들은 함장이거나 부장들로, 심슨이 대진의 제안을 전하고서 의견을 구했다.

미군 지휘관들은 낙담했다.

다시는 돌아갈 수 없다고 한다.

돌아간다고 해도 평생 불명예를 안고 살아야 한다는 현실에 더 절망했다. 사실 지휘관들도 포로가 되면서 이미 예상은 하고 있었다. 그러나 그 말을 제독으로부터 직접 듣게 되니 충격이 컸다.

심슨 제독이 사과했다.

"모두에게 미안하네. 내 부덕의 소치로 여러분에게 돌이킬 수 없는 상황을 만들어 버렸어."

기함의 함장이 나섰다.

"제독님의 잘못이 아닙니다. 이번 해전은 세상의 그 누가 지휘해도 이길 수 없었습니다."

다른 지휘관이 거들었다.

"맞습니다. 하늘에서 내려오는 적을 막아 낼 수 있는 방법은 없습니다."

심슨 제독이 한숨을 내쉬었다.

"후! 고마운 말들이군. 그러나 그런 사실을 우리들이나 이해할 뿐이야. 솔직히 여기 있는 지휘관 중에 그런 장면을 본 사람이 있나?"

모든 지휘관이 고개를 저었다.

"부끄럽지만 나도 그때는 잠을 자고 있었네. 저들이 하늘에서 날아왔다는 사실은 부하들의 포로로 잡힌 보고를 듣고서야 알게 되었지."

모두가 고개를 끄덕였다.

"이번 해전은 최악이었어. 함포 한 번 쏘지 못하고 전멸당했으니 무슨 변명을 할 수 있겠나. 그리고 그런 해전을 지휘한 우리들은 세상에 둘도 없는 멍청이로 기록될 것이야."

모두의 얼굴이 흙빛이 되었다.

그중 누군가가 나섰다.

"그래도 치욕을 감수하고라도 이런 사실을 알려야 하지 않겠습니까?"

"어떻게?"

"은인자중하다 보면 기회가 생길 것입니다."

심슨이 고개를 저었다.

"무모한 짓이야. 기회를 엿보다 보면 우리 중 누군가 탈출할 수는 있겠지. 그러나 그것을 알게 된 순간 저들이 어떻게 할 것 같나?"

누군가 대답했다.

"증거를 없애기 위해서라도 남은 사람들을 모조리 사살할 겁니다."

"그래, 분명 그렇게 될 거야. 설사 탈출에 성공했다고 해도 그 사람은 그때부터 온갖 청문회에 끌려다녀야 할 거야. 수많은 심문을 당해야 하는 것은 물론이고. 그리고 만약 당국이 사실을 알게 된다면 공표할 것 같나?"

기함의 함장이 바로 대답했다.

"절대 알리지 않을 겁니다."

"맞아. 치욕적인 패배가 세상에 알려지면 합중국의 명예는 땅에 떨어져. 그런 사실을 누구보다 잘 알고 있는 당국으로선 절대 사실을 공표하지 않아. 아니, 절대 못 해. 그러면 모든 동료들의 죽음을 무릅쓰고 탈출한 당사자는 어떻게 될까?"

또 누군가 대답했다.

"아마도 형무소에서 평생 감시받으며 살게 될 겁니다. 자신 때문에 죽어 간 수많은 동료들을 매일 밤 만나면서요."

심슨이 단정했다.

"그렇게 될 거야. 그러다 고통에 못 이겨 결국 창살에 목을 매겠지. 그렇게 죽는 것이 당국이 가장 바라는 바이니 말이야."

모두가 침묵했다.

심슨이 모두를 둘러봤다.

"저들은 우리 스스로가 우리 병사들을 관리하기를 바라고 있네. 그리고 나는 우리를 위해서라도 저들의 제안을 받아들일 생각이야."

이 말에 하나둘 고개를 끄덕였다. 그러던 어느 순간 모든 지휘관들의 고개가 끄덕여졌다.

심슨 제독과 지휘관들이 하선했다.

미군 지휘관들은 이전보다 더 열정적으로 병사들을 관리했다. 덕분에 마군은 손쉽게 포로를 재편할 수 있었다.

미군 포로들은 1척의 지원함을 비우는 데 동원되었다. 그래서 선적된 군수물자를 다른 2척의 지원함과 전함에 옮겨 실었다.

그러고는 지원함에서 하루를 보냈다.

다음 날.

날이 밝았어도 포로들은 갑판으로 올라올 수가 없었다. 그 대신 선실에서 이상한 꽝음 소리를 오전 내내 들어야 했다.

그런 정오 경.

드디어 이동 금지가 해제되었다.

갑판으로 올라온 미군 포로들은 깜짝 놀랐다. 8척의 전함과 1척의 보급함에 정체불명의 군인들이 승선해 있었기 때문이다.

심슨 제독도 놀라 어리둥절했다.

비워 있던 전함에 갑자기 수백 명의 군인들이 타고 있는 사실이 믿기지 않았다. 이때 마침 대진이 지원함의 갑판으로 올라왔다.

"아니, 저 배에 탄 군인들은 누구요?"

"조선 수군입니다."

"수군이라고요?"

"그렇습니다. 조선은 과거부터 수운이 발달했습니다. 그래서 해군을 바다는 물론 강에서도 활동한다는 의미로 수군이라고 칭하지요."

"그렇군요. 그러면 우리가 패전할 것을 미리 예상하고 조선 수군을 대기시켜 놓았다는 거요?"

"그렇습니다. 저 병력은 여러분이 아카풀코에 도착했을 그 무렵부터 웨이크섬에서 대기하고 있었습니다."

심슨 제독이 탄식했다.

"아아! 그랬구나. 이번 해전의 패배는 이미 예견되어 있었던 거였어. 그런데 저들이 우리 전함을 우리 도움 없이 운행할 수는 있는 거요?"

"충분히 가능합니다. 우리는 이곳으로 오는 동안 나포한 전함의 구조를 전부 파악했습니다. 그 조사 결과 충분히 독자 운항이 가능하다는 결론을 얻게 되었습니다."

심슨 제독이 고개를 저었다.

"믿을 수가 없군요. 훈련을 얼마나 받았는지 모르지만 처음 보는 전함을 무슨 배짱으로 단독 운항하겠다고 나서려 하는지 모르겠소. 혹시 우리가 도움을 주지 않을 것 같아서 이러는 거요?"

"그렇지 않습니다."

"그러면 왜 이렇게 무모한 일을 벌이려는 거요? 자칫 잘못하다간 병사들의 목숨은 물론이고 막대한 예산이 들어간 전함을 잃을 수도 있어요."

그의 충고는 진심이었다. 그러나 대진은 그동안 힘든 훈련을 받아 온 조선 수군을 믿었다.

"제독님의 우려가 충분히 이해가 됩니다. 그러나 우리 동료들은 그동안 각고의 노력으로 훈련받아 왔습니다. 그런 동료들을 믿는 것이 전우애라고 생각합니다."

심슨 제독이 듣기에 대진의 말은 무모했다. 그러나 포로인 자신이 강권할 입장이 아니었다.

"그렇게 말을 하니 내가 할 말이 없군요. 부디 좋은 결과가 있기를 빌겠소이다."

"기대하셔도 좋을 겁니다."

대진의 장담에는 이유가 있었다.

그동안 미군 전함으로 훈련받은 병력은 조선 수군만이 아니었다. 마군의 제7기동함대 장병도 새로운 함대를 지휘하기 위해 지원자를 선발해 조선 수군과 함께 훈련을 받아 왔다.

마군 지휘관들이 볼 때 미군 전함은 덩치만 큰 함정에 불과했다. 물론 자동화 장치나 레이더가 없는 상황에서의 운용을 익히는 데 어려움은 있었다. 그러나 기본적인 항해술은 다르지 않아서 별다른 문제가 발생하지는 않았다.

붕!

기함에서 기적이 울렸다.

이어서 기함의 후미에 깃발이 올라갔으며 기수가 깃발신호를 보냈다. 신호를 본 다른 전함들도 일제히 같은 깃발을 걸고서 깃발신호를 보냈다.

기함의 함장이 소리쳤다.

"닻을 올리고 출발 준비를 하라!"

쫘르륵!

해저에 내려진 닻이 올라갔다. 닻이 모두 올라온 것을 확인한 기함의 함장이 소리쳤다.

"기관의 출력을 최대로 올려 출발하라!"

그러자 대기하고 있던 통신관이 기관실과 연결된 전성관에다 소리쳤다.

"기관 출력 최대로!"

연돌에서 검은 연기가 솟구쳤다.

이어서 기함이 서서히 움직이기 시작했다. 그런 기함을 따라 다른 전함들도 서서히 전진했다.

심슨 제독은 내심 놀랐다.

'놀랍구나. 저들로서는 생경한 전함일 터인데 어떻게 저렇게 일사불란하게 함대를 운용할 수 있단 말인가. 더구나 저런 수기신호는 우리도 없는 방식인데…….'

심슨 제독은 한참이나 함대가 운항하는 모습을 지켜봤다. 그러나 조선 수군이 무슨 훈련을 받았기에 저리도 함대를 잘 모르는지는 여전히 짐작이 되지 않았다.

그러던 어느 순간 머릿속이 번쩍했다.

"그렇군요. 지난번에 나포한 우리 전함으로 조선 수군을 훈련시킨 것이로군요."

대진이 부인하지 않았다.

"그렇습니다."

심슨 제독이 고개를 갸웃했다.

"그런데 이해가 되지 않는군요."

"무엇이 말입니까?"

"아무리 나포한 전함으로 훈련했다고 해도 한계가 있소이다. 그럼에도 대체 어떤 훈련을 실시했기에 생소한 적군 함정을 저렇게 원만히 몰 수 있는 겁니까?"

"조선 수군의 능력이 그만큼 뛰어납니다."

대진이 말을 얼버무렸다.

"이상한 일이군요. 4년 전의 전쟁 보고서에는 조선은 미개한 나라라고 되어 있었소이다. 보유한 화기도 구식이어서 전면전을 벌였음에도 아군 사상자가 겨우 3명뿐이라고 했지요.

단지 죽기를 각오하고 덤비는 조선 병사들의 전투력이 가상하다고 적혀 있었고요. 그런 조선군이 어떻게 훈련을 받았기에 저렇게 능숙하게 배를 몰 수 있는지 도무지 이해가 되지 않는군요."

"조선은 과거부터 배를 잘 몰았습니다. 16세기에 이미 거북선이란 철갑선을 만든 나라이고요. 그런 조선 수군에게 저 정도 배를 모는 건 그리 어렵지 않은 일입니다."

그 말에 심슨 제독의 눈이 커졌다.

"16세기라면 300여 년 전인데. 그때 조선에서 철갑선을 만들었다고요?"

"그렇습니다."

대진이 거북선에 대해 간략히 설명했다.

"놀라운 일이군요. 서양에서 철갑선이 만들어진 것은 불과 몇십 년 전이오. 그런데 조선에서는 300여 년 전에 철갑선을 만들었다니요."

"예, 그리고 일본과의 전쟁에서는 12척의 배로 비슷한 규모의 적선 300척과의 해전에서 승리한 분도 계시지요."

심슨 제독이 깜짝 놀랐다.

"그게 가능한 일입니까? 12척으로 300척을 상대하다니요?"

"역사적 진실입니다."

"놀랍군요. 그 장수가 누구십니까?"

"이순신 장군이란 분입니다. 그분은 일본과 벌어졌던 이십여 차례 해전에서 단 한 번도 패전한 적이 없지요."

심슨 제독의 눈이 더 커졌다.

"불패의 용장이란 말씀이군요."

"그렇습니다. 그런 악조건의 해전에서 승리하려면 얼마나 배를 잘 몰아야겠습니까? 그리고 조선은 육상운송보다는 수운이 발달해 있지요. 그런 수운의 대부분을 조선 수군이 담당하고 있고요."

심슨 제독이 감탄했다.

"아아! 실로 대단하군요. 배를 다루는 능력은 절대 쉽게 길러지지 않는데 그런 전통이 있었군요. 그래서 저처럼 우리 전함을 능숙하게 다룰 수 있는 거였어요."

대진은 더 말을 하지 않았다. 그런 침묵이 심슨 제독에게는 더 큰 믿음을 준다는 사실을 누구보다 잘 알고 있었기 때문이다.


함대는 며칠 동안 함께 이동했다.

그러다 제주도를 지나면서 갈라졌다.

11척의 함대는 거문도로 향했으며 포로를 태운 1척은 북상했다. 대진은 포로들이 탄 보급함과 함께 울릉도까지 올라갔다.

울릉도는 상전벽해 되어 있었다.

마군이 개척을 처음 시작한 지역은 도동이었다. 그런 도동은 천혜의 항만이지만 좁아서 대형 선박의 출입이 자유롭지 못했다.

마군은 도동을 전용 항구로 만들었다.

그러고는 바로 옆의 저동에 새로운 항만을 개발했다. 이 개발에 일본인 포로와 쿨리, 그리고 사략 작전에서 잡아들인 포로들이 대거 동원되었다.

저동을 항구로 만들기 위해서는 방파제 공사가 필수였다. 그래서 2,000여 명을 동원했으며 삼척에서 생산된 시멘트를 대량으로 투입되었다.

그 결과, 상당한 규모의 방파제를 완성할 수 있었다. 아직은 특수콘크리트블록이 없어서 회귀 전처럼 완벽하지는 않았다. 그러나 2,000여 명이 이고 지고 나른 엄청난 양의 크고 작은 돌은 나름의 몫을 톡톡히 해냈다.

석재를 캐낸 지역은 평탄 작업을 했다. 그렇게 평지로 만든 해안 지대에는 붉은 벽돌 건물 몇 동이 높게 들어서 있었다.

마군이 조선에 올 때 유조선을 인도하는 소형 선박 3척도 함께 넘어왔다. 이 선박에 승선해 있던 인원은 전부 50대로 울릉도 출신이다.

울릉 출신들은 울릉도가 개발되자 고향에 살고 싶어 했다. 마군 지휘부는 당연히 이들의 요청을 받아들였다.

마군본부를 건설하면서 이들이 거주할 수 있는 집도 지어주었다. 이들이 보유한 소형 선박에는 어군탐지기가 설치되어 있었다. 그 어군탐지기로 살펴본 결과 울릉도 주변은 물 반, 고기 반이었다.

울릉 출신들은 이렇게 풍성한 생선을 본토로 들여 가지 못 하는 점을 아쉬워했다. 물론 소금을 사용한 염장은 가능했으 나 저장에 한계가 있었다.

그래서 통조림공장 건설을 요청했다.

마군 지휘부는 이 요청을 적극 수용했다. 통조림은 본토 주민들의 식생활 개선에도 중요하지만 군용으로 더없이 좋 은 식자재였기 때문이다.

이 무렵 서양은 통조림이 크게 확산되지는 않았다. 밀봉 기술이 부족해 내용물이 부패하면서 각종 부작용이 속출한 탓이었다.

그러나 마군은 아니었다.

이미 이에 대한 문제점을 알고 있었다. 그래서 서양에서 통조림 시설을 들여오자마자 곧바로 생산 시설을 개조해 양 산에 들어갔다.

그렇다고 자동화는 아니었다.

울릉 출신들은 울릉도에 거주하던 조선인을 숙련시켰다. 그러고는 수작업으로 통조림을 만들었으며 결과는 대성공이 었다.

이에 고무된 울릉 출신들은 공장 시설을 대대적으로 확장 했다. 그러면서 부족해진 일손을, 일본인 포로 중 일부를 차

출해 충당했다.

심슨 제독이 공장을 보며 질문했다.

"저기 저 건물은 무엇입니까?"

"통조림공장입니다. 이 주변은 다양한 어종을 자랑하는 최고의 어장이지요. 그런 생선을 값싸게 보급하기 위해 통조림을 만들었습니다."

"놀랍군요. 동양 국가에 통조림공장이 있을 줄은 몰랐습니다."

대진이 미소를 지었다.

"공업화의 상징이라고 할 수 있지요."

심슨 제독이 의아해했다.

"저 정도의 공장이 공업화의 상징이라고요?"

"상징이 꼭 커야 할 필요는 없는 거 아닌가요?"

"그렇기는 하지만 일개 공장에 너무 의미를 부여하는 것 같아서요."

"작은 공장인 것은 맞습니다. 하지만 저 공장에서 생산되는 통조림이 중요한 의미가 있지요. 미국은 어떨지 모르지만 조선은 자주 한해(寒害)에 시달립니다. 그래서 정부는 늘 거기에 대비하느라 많은 국력을 소모해 왔지요."

대진이 통조림공장을 가리켰다.

"저 공장에서 생산되는 통조림은 특수한 공법으로 만들어집니다. 그래서 몇 년 동안 보관해도 변질되지 않는 장점이 있지요."

심슨 제독이 대번에 이해했다.

"통조림을 대량생산해 구호식품으로 사용하겠다는 말씀이군요."

"그렇습니다. 조금 전에도 말씀드렸지만 이 주변은 천혜의 어장입니다. 그리고 우리는 그런 어군을 탐지할 수 있는 최고의 장비를 보유하고 있고요."

대진이 고개를 돌려 심슨을 바라봤다.

"우리가 떠나온 웨이크섬 주변은 대형 어종인 참치어장이더군요. 우리는 그 섬에도 대형 통조림공장을 건설할 예정입니다. 그리고 태평양의 여러 섬에도 마찬가지고요. 그렇게 해서 생산된 각종 수산물 통조림은 조선 국민의 식생활을 풍족하게 할 것이고 나아가 각종 재난에 최고의 비상식량으로 제 몫을 톡톡히 해낼 것입니다."

그러다 한 번 끊고서 말을 이었다.

"그리고 통조림은 무엇보다 전시에 군수물자로서 아주 중요한 역할을 하게 될 것입니다."

심슨 제독이 독백했다.

"그렇군요. 그래서 저 공장이 공업화의 상징이란 말을 한 거로군요."

"그렇습니다. 저 작은 공장이 그런 의미가 있어서 중요한 것입니다."

두 사람이 동시에 고개를 끄덕였다. 그런 두 사람이 바라보는 공장에는 네 글자가 적혀 있었다.

대한식품

6장

대진은 울릉도에서 이틀을 머물렀다.

그동안 미군 포로들을 인수인계하고, 통조림공장과 마군 본부, 나리분지 등을 둘러봤다. 그러던 마지막 날은 성인봉에 올라가 독도에서 해체해서 새롭게 설치한 레이더 시설을 둘러봤다.

독도의 시설물은 전부 해체되었다.

담수화 시설은 웨이크섬에 설치되었다.

동해 일대를 감시할 수 있는 레이더 시설은 울릉도에서 가장 높은 성인봉으로 이전시켰다.

그리고 미사일 발사 시설과 기관포는 울릉도 요충지로 이전 배치되었다.

독도경비대도 자리를 옮겼다.

50명의 대원들은 한양으로 이주해서 경찰 창설의 주역이 되었다. 그러고는 양성된 경찰 병력과 함께 전국 주요 도시에 배치되었다.

울릉도에서 바쁜 이틀을 보낸 대진은 V-22를 타고 용산으로 돌아왔다. 그리고 다음 날 대진은 먼저 운현궁을 찾아 간략히 상황 보고를 했다.

그러고는 대원군과 함께 입궐했다.

대진은 국왕에게 결과를 보고했다.

보고에는 작전 당시 촬영된 동영상도 함께 방영했다. 국왕은 영상에서 느껴지는 생생한 현장감에 손에 땀을 쥐며 시청하다가 끝내 파안대소했다.

"하하하!"

여기에 대원군도 가세하며 편전은 한동안 웃음소리로 가득했다. 이러던 국왕이 재차 지시했다.

"자세히 듣고 싶으니 한 번 더 설명해 주시오."

대진은 한 번 더 작전 상황을 보고했다. 처음과 같이 국왕은 손에 땀을 쥐며 영상을 시청했고 이번에는 허벅지를 손바닥으로 치면서 기뻐했다.

"장하구나! 과연 마군이오. 허면 우리 조선도 제대로 된 함대를 보유할 수 있게 된 것이오?"

"그렇습니다. 그러나 함대를 운용하려면 내·외부를 개장하는 시간이 필요합니다. 그래서 2척의 함정을 우선 개장해서 기존의 3척과 함께 제1함대를 먼저 편성하려고 합니다."

"그 시기가 얼마나 되겠소?"

"기존의 개장 경험을 최대한 살린다면 내년 봄까지는 출범할 수 있을 것이옵니다. 그리고 다른 함대도 내년이 가기 전에 출범할 수 있을 것이옵니다."

"오! 그렇다면 내년에는 2개의 함대를 보유할 수 있게 되는 것이오?"

"아닙니다. 모두 3개의 함대를 보유하게 됩니다."

대진이 다시 화면을 켰다. 그 화면에는 기존에 나포한 함정과 이번에 나포한 미국 함대의 재원이 표시되어 있었다.

"보시는 대로 지금까지 나포한 전함은 총 14척입니다. 이 전함들과 목조 범선을 포함시켜 총 3개의 함대를 편성할 것입니다."

대진이 함대별 재원을 보고했다.

"이 함대와 이번에 개발한 화약과 함포, 그리고 우리 마군이 지키는 한 누구도 조선의 바다를 함부로 드나들 수 없을 것입니다."

국왕이 재차 확인했다.

"그 누구도?"

"그렇습니다. 나포하려면 상당한 공을 들여야 합니다. 위험부담도 감수해야 하고요. 그러나 적선을 수장시키려면 마군이 나서지 않더라도 충분히 가능해졌습니다."

국왕이 대단히 만족해했다.

"아버지, 마군은 역시 하늘에서 내려온 신군인가 봅니다. 그러니 인명피해도 극소수에 그치면서 이렇게 대단한 업적을 남긴 것이지 않겠습니까?"

대원군도 동조했다.

"맞는 말씀이오. 국제 관계 때문에 그럴 수는 없지만 만천하에 공표하고 싶은 심정이오."

"저도 그렇습니다."

대원군이 확인했다.

"이 특보, 이번 기회에 수군을 대폭 보강을 해야 하지 않겠나?"

"좋은 지적이십니다. 계획대로라면 수군은 적어도 5만 정도는 있어야 합니다. 다행히 조선은 그 정도의 숫자를 보유하고 있고요."

대원군이 이실직고했다.

"실상은 장부상의 숫자일 뿐 실제적인 병력은 아니야."

"그건 저희도 알고 있습니다. 하지만 그 숫자의 대분은 누구보다 물을 잘 아는 사람들입니다. 그리고 이번을 기회로 수군의 초급 무관도 대대적으로 양성하였으면 합니다. 아울러 수군무관학교도 새롭게 개교하고요."

국왕이 확인했다.

"육군처럼 무관을 양성하자는 말이군요."

"그렇습니다. 지금의 수군은 이전과는 전혀 다른 군종입니다. 맡게 되는 임무가 거의 기술직일 정도로 숙련된 자원을 필요로 합니다. 이를 위해서는 간부 양성이 필수이고요."

"허면 수군도 육군 초급 무관처럼 급여를 주어야겠네요."

"당연히 그래야지요. 수군은 육군보다 업무 강도가 높습니다. 그것을 감안해 급여도 육군보다는 좀 더 지급해 주어야 합니다."

국왕이 즉각 동조했다.

"그 말은 맞습니다. 수군은 일이 고되고 힘들다고 소문나 있습니다. 그 바람에 지금까지는 지원자가 없어서 어쩔 수 없이 대를 잇는 천역(賤役)으로 전락해 있지요. 그런 수군에게 좀 더 많은 배려를 하는 건 너무도 당연한 일입니다."

대원군이 나섰다.

"지난번에 양성해 놓은 5,000명의 수군도 훈국 병력처럼 초급 간부로 훈련시킬 것인가?"

"그렇습니다. 지금까지 훈련받고 있는 상황은 이미 초급 간부 교육을 받고 있는 거나 마찬가지입니다. 그래서 연말이 가기 전에 전부 임관시킬 계획입니다."

국왕이 반색했다.

"아! 그래요?"

"예, 전하. 수군도 육군처럼 초급 간부를 우선적으로 양성해야 합니다. 그래야 대형 전함도 운용할 수 있고, 해전도 치를 수 있습니다. 그렇게 허리를 먼저 튼튼하게 해 놓고서 징병제가 실시되면 그때 부족한 사병을 충원하면 됩니다."

국왕과 대원군이 동시에 고개를 끄덕였다. 이제는 모두 징병제 실시를 당연하게 생각하고 있었다.

국왕이 결정했다.

"좋습니다. 그렇게 합시다. 우선은 기존의 수군들을 대상으로 초급 무관 지원자를 모집합시다. 그러고도 인원이 부족하면 지원 대상을 일반 백성으로 넓히도록 하고요."

"그렇게 조치하겠습니다."

대원군이 나섰다.

"주상, 이 일은 군에 관계된 업무이니만큼 내가 직접 챙기도록 하겠소."

국왕이 즉석에서 윤허했다.

"그렇게 하세요. 기왕 아버지께서 추진하시는 김에 대대적으로 실시하시지요."

"알겠소이다. 내각과 협의해서 대대적으로 시행하지요. 아마도 육군의 경우가 있기 때문에 많은 지원자가 나올 겁니다."

대진도 거들었다.

"맞는 말씀입니다. 육군의 세 번째 초급 간부 모집에 몰려든 숫자가 대단했었습니다. 아마도 수군도 소문나면 지원자가 쇄도할 것입니다."

국왕이 흡족해했다.

"고무적인 현상이네요. 좋은 자원이 많이 입대하면 그만큼 나라의 군사력 증강에 도움이 되겠지요."

"맞는 말씀입니다."

국왕이 부탁했다.

"이 특보, 이번 작전을 중전에게도 알려 주고 싶은데 그래도 되겠어요?"

대진이 대원군을 바라봤다.

대원군이 즉각 동조했다.

"그렇게 하시게. 우리 중전께서도 이 정도의 국가 중대 사안은 알고 계시는 것이 좋지."

국왕이 반색했다.

"감사합니다, 아버지."

"아니오, 주상. 중전은 나라의 국모시오. 더구나 세자까지 낳은 분이신데 예우는 당연히 받아야지요."

지난 3월.

왕비가 드디어 왕자를 낳았다.

고대하던 적통 왕자의 탄생에 온 나라가 환영하고 축하했다. 대원군도 크게 기뻐했으며 불과 100일이 지난 원자를 세자로 책봉했다.

이러한 조치는 유례가 없었다.

세자 책봉은 아무리 빠르다고 해도 돌이 지나야 한다. 이런 상례를 깬 책봉은 대원군이 왕비의 심중을 헤아린 조치였다.

왕비는 당연히 대원군의 배려에 감읍했다. 이때 이후로 왕실의 분위기는 그 어느 때보다 훈훈해졌다.

대원군이 일어났다.

"그러면 아비는 일 처리를 해야 하니 먼저 일어나 보겠소이다."

"수고하십시오."

인사를 마친 국왕이 상선을 불렀다.

"상선은 중궁전에 기별을 넣도록 하라. 중요한 사인이니만큼 일체의 잡인을 물리게 하라."

"예, 전하."


얼마 후.

왕비의 처소인 교태전 옆 함원전(咸元殿)에 국왕 부부와 대진이 앉았다. 대진은 편전에서와 같이 동영상을 틀어 가면서 작전 내용을 설명했다.

왕비는 크게 놀랐다.

마군의 군사력이 엄청나다는 사실은 익히 알고 있었다. 그런데 V-22 12기가 동시에 12척의 적함을 제압하는 실황을 보니 전율할 정도였다.

"대단하군요. 정말 대단해."

하늘을 나는 기체는 언제 봐도 놀랍다. 적을 제압하기 위해 발사한 유탄이란 무기는 두렵고 신기했다. 그러나 거침없이 적을 제압하며 적함을 접수하는 마군의 전투력은 압권이었다.

동영상을 보며 왕비가 다짐했다.

'어떤 일이 있더라도 마군과 함께해야 한다. 그래야 우리 세자가 대통을 잇게 되는 데 걸림돌이 없어. 그리고 마군의 계획대로 일본을 징치하고 북방의 고토를 수복한다면……'

왕비는 내심으로 더 말을 하지 못했다. 그런 그녀의 눈은 앞으로 전개될 상황에 대한 생각에 그 어느 때보다 빛났다.

그런데 그런 그녀의 생각을 눈치챈 사람이 있었다. 바로 대진이었다. 대진은 그녀가 마음속으로 무슨 생각을 하는지 짐작이 갔다.

'예, 그렇게 큰 꿈을 가지세요. 우리는 충분히 그 꿈을 실현시켜 드릴 수 있습니다. 그러니 개항하더라도 외세에 의지해 정치적 탐욕을 이루려는 생각은 절대 하면 안 됩니다. 그렇게 되면 왕비께서도 불행해지지만 나라는 더 힘들어집니다. 만일 그렇게 되면 우리는 어쩔 수 없이……'

생각하던 대진은 고개를 저었다. 그러고는 나쁜 생각을 털어 버리기 위해 목소리를 높였다.

"얼마 지나지 않아 우리가 주문한 제철 시설과 각종 공작 기계가 대량으로 들어오게 됩니다. 바로 그 시점이 조선 개혁의 분수령이 될 것입니다."

왕과 왕비가 고개를 끄덕였다.

대진이 말을 이었다.

"변화의 바람은 거세게 불 것입니다. 제철소에서는 각종 철강 제품을 쏟아 낼 것입니다. 서양에서 시멘트로 불리는 양회도 이제는 대량생산이 가능하게 되었습니다. 이런 공업 기반을 바탕으로 우리는 전국을 하나로 잇는 도로와 철도를 건설하게 될 것입니다. 도로는 포장될 것이며, 가로막힌 산은 굴을 뚫어서 연결하게 될 것입니다. 그리고 강과 하천은 철교를 만들어 연결하게 될 것이고요."

왕비가 깜짝 놀랐다.

"산에 굴을 뚫고 강에 철교를 놓는다고요?"

"그렇습니다."

"허면 한강에도 다리를 놓을 수 있다는 말씀입니까?"

대진이 국왕을 바라봤다.

국왕이 대답했다.

"중전이 산후조리를 잘하라고 국정에 대한 말은 한동안 하지 않았지요. 그러다 보니 국토개발계획에 대해서도 설명하지 않았습니다."

대진이 이해했다.

"그러셨군요."

대진이 왕비에게 확인했다.

"중전마마, 국토개발계획을 간략하게나마 설명해 드릴까요?"

"예, 그래 주세요."

대진이 수없이 검토하고 확인했던 개발계획을 설명했다. 꽤 시간이 걸렸으나 설명은 막힘이 없었으며 왕비는 눈도 돌리지 않고 경청했다.

"······이렇게 개발을 하려고 합니다."

왕비가 감탄했다.

"대단하군요. 계획대로 된다면 조선 천지가 개벽을 하겠네요. 철도와 기관차, 그리고 철교는 먼 나라의 일로만 생각했는데 그게 우리에게도 현실이 되는군요. 그래서 변화의 바람이 거세게 불 거란 말씀을 하신 거로군요."

"지금부터가 아주 중요합니다. 지금의 1년은 과거의 10년보다 더 많이 변화합니다. 그렇게 10여 년의 시간을 부단히 노력한다면 기본적인 국가 발전의 틀이 갖춰지게 될 것입니다. 그리고 다시 10여 년의 시간이 지나면 서양 어느 나라에 비해서도 절대 뒤떨어지지 않는 나라가 될 것입니다."

왕비가 급히 말을 이었다.

"그리고 또 10년의 시간이 지나면요?"

"그때가 되면."

대진이 국왕과 왕비를 바라봤다.

"두 분 마마께서는 천하를 굽어보시게 될 것입니다. 아울러 우리 조선은 천하 대국으로 우뚝 서게 될 것이고요."

왕비의 얼굴이 더없이 붉어졌다. 그녀가 듣고 싶은 말을 대진이 해 주었기 때문이다.

왕비는 직접 말하지는 않았다.

그러나 대진의 말이 무엇을 의미하는지 모를 정도로 어리석지 않았다. 오히려 너무도 똑똑하고 누구보다 정치적 야심이 많은 그녀다.

왕비가 질문했다.

"그러려면 왕실이 무엇을 해야 합니까?"

대진의 대답이 주저 없이 나왔다.

"지금처럼 개혁을 전폭적으로 지지해 주시면 됩니다. 그러면서 국민들이 왕실을 진심으로 존경하고 받들 수 있도록 민심을 살펴 주십시오."

"그것만 하면 됩니까?"

왕비가 아쉬운 표정을 지었다. 그것을 본 대진이 새로운 제안을 했다.

"중전마마께서는 교육과 육영 사업에 힘써 주셨으면 합니다."

"교육과 육영 사업이오?"

"예, 마마. 내년 초 교원을 양성하기 위한 교육대학이 한양을 비롯한 전국 각지에 설립됩니다. 그리고 후년부터는 왕명에 의해 전 국민을 대상으로 한 국가 주도의 교육정책이 시행됩니다."

대진이 교육정책을 설명했다.

"······그렇게 시행되는 교육정책을 위해서는 학교가 종류별로 설립되어야 합니다. 그런데 국가 재정은 한계가 있어서 모든 교육을 국가가 부담할 수 없기 때문에 사립학교가 많이 설립되어야 합니다."

왕비가 바로 알아들었다.

"사립학교 설립에 왕실이 주도적으로 나서 달라는 말씀이군요."

"그렇습니다. 교육은 백년대계입니다. 그런 교육정책을 중전마마께서 적극 이끌어 주신다면 모든 국민이 마마와 왕실에 경의를 표할 것입니다. 영유아를 대상으로 한 육영사업도 마찬가지고요."

왕비는 정치를 주도하고 싶었었다.

그래서 친정을 내세워 정권을 탈취하려고까지 했었다. 그러나 지금은 모든 세력이 없어진 것은 물론 정치 쪽으로 고개를 돌리기도 어려웠다.

그럼에도 교육과 육영 사업만으로는 성에 차지 않았다. 대진은 이런 왕비의 심중을 적당히 어루만져 주었다.

"교육과 육영 사업은 국가의 근간이어서 해야 할 일들이 의외로 많습니다. 지금과 같은 개혁 초기에는 더 그러하고요. 체계가 갖춰진 뒤에는 더한층 상당한 위상을 갖게 됩니다. 그리고 그런 사업을 잘 이끌어 나가면 반드시 존경받게 되어 있지요."

국왕이 적극 동조했다.

"맞는 말씀이에요. 지금까지 서원은 여론 형성이나 인재

양성에 큰 역할을 해 왔지요. 그런데 그 역할이 너무 지나쳐서 지난 몇백 년간 우리는 엄청난 홍역을 치러야 했습니다."

국왕이 단언하듯 심정을 토로했다.

"나라의 미래를 위해서라도 그런 일을 되풀이되서는 안 됩니다. 그래서 교육과 육영 사업이 중요한 것이고요. 왕비께서 두 사업을 직접 챙겨 보세요. 그래서 인재들이 잘못된 전철을 다시 밟지 않게 만들어 준다면 그 공적은 상상할 수 없을 정도가 될 거예요."

대진이 처음 제안했을 때만 해도 왕비는 큰 관심이 없었다. 그러다 국왕까지 권하고 나서자 차츰 생각이 달라졌다.

여기에 대진이 방점을 찍었다.

"세자 저하께서도 앞으로는 새로운 편제에 따른 교육을 받으셔야 합니다. 그런 저하를 위해서라도 왕실이 직접 나서면 더 빛이 날 것이옵니다."

왕비가 고개를 끄덕였다.

"알겠습니다. 제가 직접 나서 보겠습니다."

국왕이 크게 반겼다.

"잘 생각했습니다. 중전이라면 분명 좋은 결과를 만드실 겁니다."

대진도 거들었다.

"중전마마께서 학교를 설립하시면 최고의 교원이 배치되도록 힘써 보겠습니다. 그리고 필요하면 서양의 명문 사학과

교류할 수 있는 길도 만들어 보겠습니다."

왕비도 의욕을 보였다.

"고맙습니다. 도움을 주신다면 어디에도 뒤떨어지지 않는 학교를 만들어 보겠습니다."

세 사람은 모처럼 환하게 웃었다.

이후 몇 개월이 정신없이 지나갔다.

9월 초.

그토록 바라던 제철소 관련 기자재와 독일 기술자들이 들어왔다. 들어온 기자재는 미리 기반 공사를 해 놓은 송림에 설치되었다.

각종 공작기계들도 대량으로 들어왔다. 덕분에 군수산업과 기계공업이 본격화되었으며 서양에서 들여온 기자재로 화학 공장이 건설을 시작했다.

기자재만 들여온 것이 아니다.

제철 기술자도 들여왔으며, 교량과 철도 기술자도 들여왔다. 대진의 초청으로 들어온 이들은 조선에 도착하자마자 각종 공사에 바로 투입되었다.

1년 넘게 기반 공사를 마친 상태여서 작업은 일사천리로 진행되었다. 특히 교량은 설계까지 진행된 상황이어서 서양 기술자들을 놀라게 했다.

섬유기계도 도입되었다.

섬유기계는 영국 상인에게서 구입했다. 그리고 그들의 전폭적인 도움으로 섬유 기술자도 함께 왔다.

조선인들의 기술지식은 열악했다.

더구나 대량생산에 필요한 기술적 지식은 거의 전무했다. 이런 상황에서는 제대로 된 기술을 전수받기가 어려웠다.

더구나 아직은 영어와 독일어 등에 능통한 사람도 없었다. 이런 상황을 고려해 마군들이 먼저 기술을 전수받았다.

서양 기술자들은 지식을 전수하며 많이 놀랐다. 이들은 본래 대충 기술을 전수하면서 오래도록 꿀을 빨아먹으려고 생각했었다.

그런데 마군들의 기술 습득 능력은 이들의 예상을 한참 뛰어넘었다. 마군들은 기술을 전수받다가 조금이라도 이상하면 바로 질문했다.

그런 질문은 때로는 서양 기술자들도 대답하기 어려운 것들도 있었다. 이런 상황이어서 대강대강 기술을 넘겨주기가 어려웠다.

덕분에 기술이전은 급속도로 진행되었다. 처음에는 어려워하던 조선인들도 이런 분위기에 곧 적응하면서 빠르게 기술을 습득해 나갔다.

군과 경찰도 장족의 발전을 했다.

육군은 세 번에 걸쳐 초급 무관을 양성했다. 처음에는 훈련도감 병사들과 오군영 병사들이 대상이었다.

두 번째부터는 군 경력자나 무과 출신자들로 대상을 확대했다. 조선은 그동안 평안도와 함경도 출신자들이 무과에 합격해도 임용이 되지 않았다.

그 바람에 2차에는 이 지역 출신자들이 대거 지원해 합격했다. 3차에는 이런 제한조차 두지 않아 엄청난 인파가 몰렸다.

수군 초급 무관도 추가 선발했다.

미국 함대를 나포해 오면서 당장 운용 인력이 부족했다. 그래서 수군들을 대상으로 초급 무관을 선발했으며 거의 모든 수군이 지원했다.

기존 무관들에 대한 재교육도 실시했다.

조선의 무관도 문관처럼 임시직이었다.

늘 임용과 대기가 반복되는 불안한 관직 생활을 해야만 했다. 그로 인해 비리도 많았으며 무관들이 기본 전투력 증강은 아예 생각조차 못 했다.

마군은 이런 무관들에게 새로운 군사 지식 전수와 함께 전투력 증강도 실시했다. 이런 재교육을 통해 의외로 많은 무관들이 탈락했다.

그럼에도 누구도 이의를 제기하지 않았다.

우선은 한 번의 기회를 더 주었다. 그래도 탈락하는 자들에게는 군무원으로 근무할 수 있는 기회를 부여해 주었기 때문이다.

군의 조직 정비는 1년 내내 지속되었다. 그 바람에 후반기
는 모든 것이 바쁘게 돌아갔다.


1875년 새해가 되었다.

정월 초하루.

대진이 마군 지휘부와 함께 용산에서 합동 제례를 올렸다.
그러고는 입궐해서는 국왕과 대원군에게 세배하며 덕담을
나눴다.

국왕이 덕담을 했다.

"올해는 모든 분들이 건강하고, 나라의 모든 일이 잘되기
를 바랍니다."

대원군과 손인석도 덕담을 했다.

이어서 설음식인 떡국이 나왔다.

놋그릇에 담겨 나온 떡국은 고명이 예쁘게 얹혀 있었다.
국왕이 먼저 수저를 들었다.

"자! 드시지요."

"예, 전하."

편전은 한동안 식사 소리만 들렸다.

그렇게 식사를 마치고 차가 나왔다.

"어떻게, 대궐 음식이 입에 맞으셨는지 모르겠습니다."

손인석이 대답했다.

"아주 담백해서 맛있게 잘 먹었습니다."

"다행입니다."

대원군이 인사했다.

"마군이 조선에 온 지도 벌써 2년입니다. 그동안 나라에 너무도 큰 도움을 주어서 고맙습니다."

"아닙니다. 당연히 해야 할 일을 하고 있을 뿐입니다. 저도 그렇지만 우리 모두 몸은 고될지 몰라도 기쁜 마음으로 일해 나가고 있습니다."

"그렇다면 다행입니다. 그런데 한 가지 아쉬운 점이 있습니다."

손인석이 긴장했다.

"저희가 일을 잘못한 것이 있습니까?"

대원군이 급히 손을 내저었다.

"절대 그건 아닙니다. 지금까지 너무도 일을 잘해 주어서 저와 주상은 늘 고마운 마음뿐입니다."

"하오면 무슨 아쉬움이신지요?"

대원군이 조심스럽게 입을 열었다.

"다른 것이 아니라 마군이 이곳으로 오면서 어쩔 수 없이 혼자가 되지 않았습니까? 그래서 저도 그렇지만 주상도 그 일을 아주 안타깝게 생각하고 있답니다."

손인석이 크게 당황했다.

"그 말씀이었군요."

국왕도 적극 거들었다.

"맞습니다. 과인도 그 점이 늘 안타까웠습니다."

대원군이 권했다.

"손 대장님, 이런 일은 우리 같은 사람이 나서야 합니다. 그리고 마군 대부분은 혈기방장한 사내들입니다. 그런 사내들을 언제까지 혼자 놔둘 수는 없지 않겠습니까?"

대진은 내심 놀랐다.

지난해부터 마군의 혼인에 대한 말이 거론되기 시작했었다. 그러나 정초부터, 그것도 편전에서 공식적으로 거론될 줄은 몰랐다.

손인석이 한숨을 내쉬었다.

"후우! 그렇지 않아도 그런 말이 돌고 있다는 보고는 받았습니다. 그래서 저희들도 그 문제를 다각도로 검토해 보는 중이었고요."

대원군이 적극 나섰다.

"그렇다면 잘되었습니다. 마군이 조선에 정착하기 위해서라도 혼인은 반드시 필요한 일입니다. 금년에는 그 문제를 본격적으로 추진하시지요."

손인석이 바로 답을 주지 못했다.

"알겠습니다. 돌아가는 대로 협의해서 결과를 말씀드리겠습니다."

대원군도 동의했다.

"그렇게 하세요. 그러면 그 일은 덮어 두고 당면한 현안부터 논의하십시다."

"알겠습니다."

대원군이 국왕을 바라봤다.

"주상, 드디어 지방행정 개편의 시작인 군제 개혁을 실시할 때가 되었소이다."

임진왜란은 조선을 많이 바꿔 놓았다.

그렇게 바뀐 부분 중 하나가 군제다. 조선은 명나라 장수 척계광(戚繼光)의 《기효신서(紀效新書)》에 따른 군제를 대대적으로 도입했다.

그 결과 중앙에는 훈련도감이 들어섰다. 지방에는 진관체제가 대대적으로 정비되면서 속오법(束伍法)에 따른 속오군(束伍軍)을 두게 되었다.

이 제도는 정유재란에서는 왜군의 북진을 저지하는 효과를 거뒀다. 그러다 정묘호란 직후 제도 강화를 위해 전담영장제도(全擔營將制度)가 도입되었다.

이 제도가 도입되면서 지방 수령의 행정권과 군사권이 일부 분리되었다. 그러나 지방 수령의 반발 등이 겹치면서 효종 이후 지방 수령이 병력 관리와 조직을 맡는 겸영장제도로 돌아갔다.

이때부터 속오군은 유명무실해졌다.

여기에 군역을 양곡으로 대처하는 수미법(收米法)까지 도입되었다. 그로 인해 일부 천인만이 천예군(賤隸軍)으로 군역을 전담하게 되었다.

이 때문에 홍경래의난 등의 변란이 생겨도 동원할 병력이 없었다. 그래서 문제가 발생하면 의병을 모집하고 중앙군이 현지로 파견되어야 했다.

국왕이 굳은 표정을 지었다.

"군제 개편을 실시해야지요. 지방군이 유명무실해진 이런 상황을 언제까지 두고 볼 수는 없지요. 허면 징병제를 실시합니까?"

대진이 급히 나섰다.

"징병제는 아직 시기상조입니다. 우선은 지방 수령에게서 병권을 회수한 뒤 유명무실해진 지방 군사력부터 회복시켜야 합니다."

손인석도 동조했다.

"맞는 말입니다. 지금처럼 양곡을 내고 군역을 대신하는 방식은 없어져야 합니다. 그래야 삼정의 하나인 군정을 폐지할 수 있습니다."

국왕의 눈이 커졌다.

"손 대장님, 군정을 폐지하면 군사력은 어떻게 유지합니까?"

"이제까지는 군정으로 거둬들이는 양곡으로 중앙군을 운영해 왔습니다. 헌데 지금은 그렇게 하지 않아도 중앙군이 운영되고 있지 않습니까?"

국왕이 탄성을 터트렸다.

"아! 맞습니다. 무역 수익이 있었지요."

"그렇습니다. 탐관오리들이 수탈하는 수단으로 군정과 환곡을 가장 많이 악용한다는 사실은 아실 것입니다. 국민들의 삶의 질을 높여 주기 위해서라도 군정은 반드시 폐지되어야 마땅합니다. 그 대신 모두가 참여하는 군사훈련을 실시해야 합니다."

손인석이 딱 잘라 정리했다.

대원군이 질문했다.

"양반들도 훈련에 참여해야 한다는 말씀이오?"

"징병제에는 예외가 없다는 건 저하께서도 잘 알고 계시지 않습니까?"

대원군이 침음했다.

"으음! 징병제가 아닌 기존의 체제하에서 군사훈련을 시킨다면 양반들이 상당히 반발할 것입니다."

"그래서 군역의 대상을 축소시킬 필요가 있습니다. 훈련 기간도 조정해야 하고요."

국왕이 큰 관심을 보였다.

"어떻게 조정한다는 말씀이지요?"

손인석이 대진을 바라봤다.

그 시선을 받으며 대진이 설명했다.

"지금의 군역은 16세에서 60세까지의 모든 장정으로 되어 있습니다. 그러나 나이가 너무 어리거나 많으면 실질적인 전투력은 바라보기 어려운 게 현실입니다."

국왕이 확인했다.

"그러면 나이가 많은 사람들은 군역을 면제해 주자는 말씀이오?"

"그렇습니다. 전쟁이 발생한다고 해도 고령자의 실전 참여는 힘든 게 현실입니다. 그래서 대부분 후방 지원에 동원됩니다. 그런 대상을 구태여 징집해서 훈련시킬 필요는 없습니다."

그 말에 국왕도 동의했다.

"현실적으로도 그게 옳기는 하겠군요."

대진이 정리했다.

"훈련 대상을 18세에서 40세까지로 조정해야 합니다. 그래야 제대로 된 군사훈련을 실시할 수 있습니다. 더 나아가 징병제 실시에도 도움이 되고요. 그리고 30세부터 40세까지는 지원 업무에 필요한 훈련을 실시할 예정입니다."

국왕이 의구심을 드러냈다.

"30대는 힘쓰는 연령인데 그들까지 제외할 필요가 있겠소?"

"전쟁은 잔인하고 참혹한 현실입니다. 적을 죽이지 않으면 내가 죽어야 하는 상황에 수없이 직면하게 되고요. 그런 전장에서는 보다 젊고 거칠 것이 없는 연령대가 제격입니다."

"으음! 특보의 설명대로 전장에서는 나이가 젊은 병사들이 제 몫을 해내겠지요. 그러나 그들마저 열외하면 군역 대상의 절반 이상이 제외됩니다. 이는 생각해 볼 문제입니다."

그러자 대진이 타협책을 내놓았다.

"그들에게도 기본적인 군사훈련은 실시할 예정입니다. 그러니 너무 성려하지 않으셔도 됩니다."

"그렇다면 다행한 일이고요."

"그리고 훈련기간이 두 달은 너무 깁니다. 그래서 훈련기간도 한 달로 단축시키려고 합니다. 그 대신 두 달보다 더 집중적이고 강력한 훈련을 실시할 예정입니다. 아울러 훈련받는 장정들에게는 점심을 제공과 함께 약간의 쌀도 지급할 예정입니다."

국왕이 크게 놀랐다.

"점심은 그렇다지만 쌀까지 제공하다니요. 그게 정녕 가능한 일이오?"

"대한무역의 수익이 아무리 많다고 해도 그건 너무 지나친 배려네."

대원군도 우려했다. 그러나 대진은 고개를 저었다.

"군사훈련은 자발적으로 참여해야 효과가 배가됩니다. 그리고 이번부터 소총 사격훈련도 실시할 예정입니다. 그래서 주민 참여를 독려하기 위해 고심 끝에 찾아낸 방안입니다."

대원군이 거듭 우려를 나타냈다.

"겨울에 양곡까지 나눠 주면 당연히 효과는 배가되겠지. 그러나 과하면 오히려 부족함만도 못하다는 말도 있지 않은가. 만일 양곡을 지급했다가 중지하면 그 여파는 상상 이상으로 나빠질 거네."

"그런 염려는 하지 않으셔도 됩니다."

"준비가 철저하다는 말인가?"

대진이 주저 없이 대답했다.

"그렇습니다. 몇 개월 전 상해에서 프랑스가 진출한 남방의 코친차이나라는 지역과 양곡 도입 협정을 체결했습니다. 그래서 3월까지 매월 30만 석의 양곡을 도입하기로 했습니다. 그 양곡을 훈련받는 병사들에게 제공하려고 합니다."

이 부분에서 대원군도 놀랐다.

"아니, 그렇게 많은 양곡을 들여올 곳이 남방에 있단 말인가?"

"예, 남방의 코친차이나라는 지역은 삼모작이 가능한 곳입니다. 그리고 평야의 넓이가 엄청나서 수십만 석이 아니라 수백만 석도 도입이 가능합니다."

대원군이 고개를 저었다.

"대단하구나, 삼모작이 가능하다니. 남방에서 쌀이 많이 난다는 말은 들었지만 그렇게 많은 양을 들여올 수 있을 줄은 몰랐어."

국왕이 나섰다.

"아버지, 만일 양곡을 꾸준히 도입할 수만 있다면 보릿고개 정도는 쉽게 넘을 수 있겠습니다."

대진이 문제를 지적했다.

"아쉽게도 남방 쌀은 풀기가 없어서 맛이 우리와 전혀 다릅니다. 그래서 호불호가 극명하게 갈립니다."

대원군이 펄쩍 뛰었다.

"그게 무슨 대수인가. 춘궁기 백성들에게 호구지책이 있다는 것만으로도 얼마나 감사한 일인데."

손인석이 나섰다.

"식량 문제는 너무 걱정하지 않아도 됩니다. 금년부터 우리가 가져온 신품종 볍씨를 경기도를 포함한 기호지방에는 보급이 가능합니다. 그 품종이 완전히 보급되면 식량 자급도 충분히 가능합니다."

국왕이 반색했다.

"아! 맞습니다. 마군의 볍씨의 소출이 1.5배 이상 된다고 했지요?"

대진이 거들었다.

"벼의 높이가 낮고 튼튼해서 태풍에도 쉽게 쓰러지지가 않습니다. 특히 병충해에도 강합니다. 그래서 실질 수확량은 기존에 비해 거의 2배 정도 될 것입니다."

국왕이 탄식했다.

"아아! 말만 들어도 가슴이 벅차는군요. 과인은 춘궁기 때나 비바람이 조금만 강해도 늘 노심초사해 왔습니다. 그런데 마군이 가져온 볍씨가 우리 조선의 묵은 숙원을 풀어 주는군요."

대진이 계획을 밝혔다.

"남방 쌀은 군용으로 사용하기 위해 지속적으로 들여올 예정입니다."

대원군이 질문했다.

"미숫가루를 만들려고 하는 건가?"

대진이 고개를 저었다.

"아닙니다. 미숫가루도 비상식량으로 좋지만 휴대하는 데 문제가 있습니다. 그래서 우리는 건빵을 만들 계획입니다."

"건빵? 말린 빵이라면 밀로 만들어야 하는 거 아닌가?"

"본래는 밀을 주성분으로 합니다. 그러나 우리가 만들려는 군용 건빵은 밀과 쌀을 적절한 비율로 섞어서 만들어집니다."

"그렇구나. 건빵이 제대로만 생산된다면 민수용으로도 수요가 많겠어."

"국태공 저하의 말씀대로입니다. 건빵은 휴대가 간편하고 장기 보관도 용이합니다. 그래서 군용 비상식량뿐이 아니라 민간의 구호식품으로도 큰 역할이 가능합니다."

국왕이 결정했다.

"좋소이다. 이 사안은 손 대장의 제안대로 금년부터 제대로 된 군사훈련을 실시합시다."

손인석이 고개를 숙였다.

"감사합니다."

국왕이 대원군을 바라봤다.

"아버지, 이 사안은 과인의 어명도 필요하지만, 아버지의 명령도 필요할 것 같습니다."

대원군이 바로 동조했다.

"알겠소이다. 내각과 협의해 즉각 영을 내리도록 하지요."

대진이 나섰다.

"그리고 교육대학 설립에 대한 어명도 함께 내려 주셨으면
하옵니다."

교육대학 설립은 이미 오래전부터 논의가 되어 왔던 사안
이었다. 그랬기에 국왕이 두말하지 않고 바로 동조했다.

"맞아요. 교육은 국가의 백년대계지요. 그런 대계를 위해
서는 교원 양성은 반드시 필요한 사업이고요. 그러면 교육대
학은 어디에 설치할 거요?"

"한양과 팔도의 감영지에 설치됩니다. 교원은 초등, 중등
과정과 대학 과정의 교원을 단계별로 양성할 것입니다. 그에
따른 준비는 각종 교과서를 비롯한 참고 서적은 2년여의 연
구개발 끝에 마련해 놓은 상황입니다."

"팔도와 한양에 동시에 설치한다는 말씀이오?"

"그렇습니다."

"허면 학생을 가르치는 스승들도 상당히 필요할 터인데 충
원에는 문제가 없겠소?"

"교육대학의 교수들은 인재교육원을 수료한 사람들 중에
서 선발해 두었습니다. 과학 등의 특수 과목은 우리 마군이
나설 것이고요. 그리고 유학을 가르치는 윤리 과목만큼은 유
림의 추천을 받아 별도로 선정하려고 합니다."

대원군이 흡족해했다. 그는 대진이 왜 이런 계획을 세웠는지 대번에 알아챘다.

　"유림도 끌어안고 가자는 의미구나."

　"그렇습니다. 앞으로 정규교육과정이 시작되어도 윤리 과목만큼은 유학자들을 우선 배정할 계획입니다. 그러기 위해서는 윤리교원을 별도의 선발 시험을 거쳐 선발할 것이고요."

　"좋은 계획이다. 그런 배려를 해 준다면 지역 유림에서도 크게 환영할 것이야."

　국왕이 환하게 웃었다.

　"하하! 정초부터 이렇게 기분 좋은 소식을 들으니 과인의 귀가 맑아지는 것 같습니다."

　손인석이 화답했다.

　"금년은 조선 역사를 새로 쓰는 해라고 해도 과언이 아닙니다. 그러니 1년 내내 좋은 소식이 들려올 것입니다."

　대원군도 바람을 숨기지 않았다.

　"잘될 거라 믿습니다. 마군이 도와주고 우리 모두가 일치단결했는데 무엇을 못하겠습니까?"

　국왕의 목소리가 높아졌다.

　"예, 맞습니다. 요즘처럼 나라가 하나가 된 적은 근래 들어 없었습니다. 이런 기세를 몰아간다면 무슨 일이든 못할 게 없을 겁니다."

　국왕의 말에 모두들 크게 고개를 끄덕였다. 그런 사람들의 표정은 그 어느 때보다 밝았다.

　이날 오후.

　마군은 군제 개혁을 위해 반년 전부터 준비를 해 왔다. 그래서 몇 개월 전부터 각 도에 1,000씩의 육군 초급 무관들과 마군을 배치해 두고 있었다.

　그리고 어명이 떨어지자마자 마군 지휘부가 있는 팔도감영으로 무전이 날아갔다. 무전을 받은 팔도 감영에서는 각 고을로 파발을 띄웠다.

　며칠 후.

　광화문을 비롯한 한양의 주요 지역, 그리고 전국 고을의 장시와 관아 앞에 포고문이 게재되었다.

　포고문에 몇 가지 안건이 붙었다.

　하나는 군정이 폐지되면서 겨울 군사훈련이 부활된다는 것이었다. 군사훈련의 대상은 양반부터 양민과 노비, 천민까지 예외를 두지 않았다.

　군정 폐지에 백성들은 격하게 환영했다.

　군정은 탐관오리들이 백성들의 등골을 빼먹던 수탈의 온상이었다. 죽은 사람에게 징수하는 백골징포(白骨徵布)와 갓난아이까지 징수하는 황구첨정(黃口簽丁), 나이를 줄여서 징수하는 강년채(降年債) 등 온갖 종류의 비리가 판쳐 왔다.

이런 악정이 폐지된 것이다.

그뿐이 아니라 군사훈련 대상 연령이 대폭 줄어들었다. 이것만으로도 부족해 일부는 대체 근무로 전환된다는 포고에 대성통곡하는 백성들도 숱하게 나왔다.

양반들은 경우가 달랐다.

양반들은 군포만 내면 군역을 면제받아 왔다. 그런데 이제는 예외 없이 훈련받아야 한다고 한다.

그런데 반발하기가 쉽지 않았다.

훈련받지 않으면 어떠한 공직에도 진출하지 못하게 되었다. 더구나 가족들에게까지 불이익이 돌아간다는 포고에 이들은 망연자실했다.

그런데 돌파구가 생겼다.

바로 교육대학 설립이 공표된 것이다.

장차 시행될 교육정책에 필요한 교원 양성을 위해 교육대학이 설립된다고 한다. 대학에 입학하면 훈련이 면제되는 것은 물론이고 교원으로 임용되면 군역까지도 면제된다고 한다.

더구나 한양을 비롯해 전국 아홉 군데에 설립된다고 한다. 그리고 모집 인원도 수만 명이란 말에 양반들은 환호했다.

조선은 군사부일체의 나라다.

이런 조선에서 교원은 곧 스승으로 존경받는 자리다. 하지만 지금까지는 서원이나 서당 등에서 제자를 가르치는 게 고작이었다. 그런데 국가가 공인하는 교원은 일종의 과거로 받아들여졌다.

그렇게 1875년은 정초부터 들끓었다.

7장

군사훈련은 2월부터 시작되었다.

몇 달 전부터 초급 무관들은 각 고을로 파견되어 있었다. 이들은 고을 수령의 전폭적인 지원을 받아 가면서 훈련 인원을 점검해 왔다.

과거라면 있을 수 없는 일이었다.

권력을 빼앗기는 상황이었기에 과거였다면 고을 수령 대부분이 반발했다. 그러나 지금은 시대가 달라졌다는 사실을 스스로 잘 알고 있었다.

재판권과 치안권의 이전이 있었다.

그래서 각 고을의 치안은 이미 경찰이 장악한 상태였다. 그리고 군권도 넘겨줘야 한다는 사실도 미리부터 알고 있었다.

이런 대세에서 반발은 자신의 무덤을 파는 일이란 사실을 잘 알고 있었다. 그래서 고을 수령들은 인구조사에 적극 협조했다.

　고을 아전들은 전전긍긍했다.

　그동안 이들은 군정을 이유로 고을 백성들에게 온갖 수탈을 해 왔었다. 이들의 비리로 관아가 갖고 있던 인구 목록은 거의 유명무실했다.

　이런 상황에서 군대가 파견된 것이다.

　초급 무관들은 고을마다 수십 명씩 파견되었다. 그리고 지역 경찰의 적극적인 협조를 받아 가며 주민 전수조사를 실시했다.

　수많은 문제가 터져 나왔다.

　문제가 없는 곳은 단 한 곳도 없었다. 그 바람에 군사훈련을 위한 인구조사가 아전들의 비리 조사로 바뀐 것은 한순간이었다.

　악질 아전들은 모조리 체포되었다. 이들은 대를 이어 가며 비리를 저지르고 있었다. 너무도 분명한 죄질에 아전들은 제대로 반항조차 못 했다.

　비리 아전은 재판을 거친 후 가산을 적몰하고 제주로 유배를 보냈다. 이 조치로 수천 명의 아전들이 돌팔매질을 당하며 고향을 등져야 했다.

　백성들은 인구조사에 적극 협조했다.

이전에는 군정을 납부하지 않기 위해 일부러 자식을 숨겼다. 그런데 이제는 신고해야 쌀도 받고 천연두 접종도 받을 수 있는 시대가 되었다.

그리고 이전에는 부민고소금지법 때문에 비리 아전도 고을 수령도 고발할 수가 없었다. 아니, 고발하면 오히려 곤장을 맞거나 유배를 당했다.

그런데 이제는 자신들이 신고하면 비리 아전들이 체포된다는 사실도 알게 되었다. 이전이라면 감히 상상도 할 수 없는 일이었다.

그 바람에 인구조사 기간에 백성들의 고소 고발은 끊이지 않았다. 그렇게 반년 동안 실시된 인구조사 결과는 놀라웠다.

조사 결과 인구가 무려 1,800만이 넘었다. 더 고무적인 사실은 그동안의 위생교육 덕분에 신생아의 숫자가 대폭 증가했다는 점이었다.

군정 폐지로 지방행정 개편이 절로 이뤄졌다. 그러나 아직은 아전 문제가 해결되지 않은 절반의 성공에 불과했다.

이런 바탕 위에 1개월의 준비를 다시 거친 뒤 전국에서 동시에 군사훈련이 실시되었다.

"차렷, 열중쉬어. 차렷."

"앞으로가. 발을 맞추고 팔을 어깨높이로 든다. 씩씩하고 힘차게 걸어라!"

"그래, 그거야. 아주 잘하고 있다. 하나둘, 하나둘. 번호!

번호 붙여 가!"

"하나! 둘! 셋! 넷……!"

군정이 폐지되고 훈련기간도 단축되었다. 비록 주먹밥에 불과하지만 점심도 주고 귀한 쌀까지 배급해 준다.

이런 배려 덕분에 백성들의 훈련 열기는 엄청나게 높았다. 더구나 춘궁기를 앞둔 상황이었었기에 참여도는 놀라울 정도였다.

교관들은 초급 무관들이 전담했다.

이들은 훈련병들을 반상의 차별 없이 철저하고 공정하게 대우했다. 간혹 양반을 앞세워 유세를 부리거나 훈련을 태만하려는 자들이 나오면 예외 없이 퇴소시켰다.

처음에는 당연히 강력하게 반발했다. 그러나 반발하면 오히려 정식으로 제소되어 재판까지 받게 되면서 바로 꼬리를 내렸다.

이런 일이 곳곳에서 소문나면서 반발은 거의 발생하지 않았다. 그 바람에 겨울 두 달 동안 조선 전역이 열기로 후끈 달아올랐다.

그리고 3월이 되었다.

와글와글.

대진이 교육대학 입학시험장을 찾았다.

입학시험은 본래 인재교육원과 이태원에서 실시될 예정이었다. 그러나 워낙 지원자가 많이 몰리는 바람에 용산 병영까지 시험장이 되어 있었다.

대진이 지원자를 보며 놀랐다.

"대단하군요. 예상은 했지만 지원자가 이 정도로 많을 줄 몰랐습니다."

김홍집(金弘集)이 대답했다. 김홍집은 교육부의 정책국장으로 이번 입학시험을 총괄하고 있었다.

"《맹자》 진심편(盡心篇)에 군자삼락(君子三樂)이란 말이 나오지요. 그중 하나가 득천하영재(得天下英材)하여 이교육지(而敎育之)이라했습니다."

"천하의 영재를 얻어 가르치는 것이 군자의 즐거움이란 말씀이군요."

"그렇습니다. 유교에서는 군사부일체를 가장 중요한 덕목으로 가르칩니다. 그만큼 스승은 그 존재 자체에 의미가 있다는 말씀입니다."

"스승이 존경받는 것은 그만큼 사회가 건강하다는 의미도 됩니다."

김홍집이 크게 고개를 끄덕였다.

"맞는 말씀입니다. 그런 스승을 나라에서 공인하고 학생을 가르칠 자리까지 만들어 준다고 하니 이렇게 사람들이 몰리는 겁니다. 그리고 이번이 첫 회라는 데에 많은 의의를 갖고 있고요."

"어쨌든 좋은 현상입니다."

"예, 맞습니다. 그리고 군역이 면제된다는 점도 인재를 불러 모으는 요인입니다. 그래서 상당 기간 동안 많은 사람이 몰릴 겁니다."

대진도 짐작하고 있던 사안이었다.

"그렇겠지요."

그때 김홍집이 놀라운 발언을 했다.

"장차 반상제도도 철폐되어야 합니다. 그리고 그 전에 노비제도부터 없애야 하고요. 그러한 급진 개혁을 추진하기 위해서라도 교원들이 대거 양성되는 것이 좋습니다."

대진이 깜짝 놀랐다.

"김 국장님께서는 노비제도나 반상제도가 철폐되어야 한다고 생각하십니까?"

김홍집이 싱긋이 웃었다.

"당연히 그렇지요. 저뿐이 아니라 정부의 많은 사람들이 그렇게 생각하고 있습니다. 조선의 미래를 위해서라도 노비제도만큼은 당장 철폐되어야 한다고요. 세상에, 인구의 절반 가까이가 노비인 나라가 어떻게 정상적이라고 할 수 있겠습니까? 이런 나라는 조선 이외에는 없습니다."

김홍집의 말을 들은 대진은 어리둥절했다.

'이상하네. 기록에 따르면 김홍집은 온건 개화파라고 되어 있었는데. 대화해 보니 온건이기는커녕 급진도 이런 급진이 없네.'

그런 대진의 생각을 눈치챘는지, 김홍집이 피식 웃었다.

"제 말이 너무 의외입니까?"

대진은 바로 인정했다.

"예, 솔직히 놀랐습니다."

"그러실 겁니다. 저도 본래는 이렇게 급격한 개혁을 생각하지 않았던 사람입니다. 그런데 마군이 체계적으로 추진하는 개혁을 보고 생각을 바꾸게 되었지요. 이제 우리 조선도 급격한 개혁을 추진해도 될 정도가 되었다고 말이지요."

"그렇습니까?"

"지금 실시되고 있는 군사훈련도 이전이었다면 감히 생각도 못 할 일이었습니다. 그런데 조금의 문제도 없이 사업이 추진되고 있지 않습니까?"

"그건 그렇습니다."

"마군이 조선에 온 지 불과 2년입니다. 그 2년 동안 조선은 천지개벽이 되었습니다. 백성들의 생각은 물론 주상과 정부의 모든 관리들조차요. 특히 고리타분하기로는 세상에 둘도 없는 유학자들도 자신들의 생각이 잘못되었다는 것을 알정도가 되었습니다. 이런 조선에서 무엇을 못하겠습니까?"

대진이 조심스럽게 질문했다.

"노비 해방을 추진해도 문제는 없겠습니까?"

"예, 그럼요. 어느 정도의 혼란은 당연히 있겠지요. 그러나 그런 혼란은 단지 지나가는 바람에 불과합니다. 그리고 그런 혼란 정도는 더 큰 바람으로 막아 버리면 됩니다."

대진이 눈을 빛냈다.

"일테면 무슨 바람이 좋을까요?"

김홍집이 딱 짚었다.

"마군은 우리 조선의 자존 자립을 강력하게 주창하고 있습니다. 그런 마군이 이상하게 딱 한 곳만큼은 손대지 않고 있더군요."

대진이 깜짝 놀랐다.

"김 국장님이 그것을 알고 계십니까?"

김홍집이 환하게 웃었다.

"역시 제 예상이 맞았군요. 마군이 초량왜관을 손대지 않은 심모원려가 따로 있었어요."

대진은 굳이 부인하지 않았다.

"맞습니다. 시기가 무르익을 때까지 기다리고 있었습니다. 그리고 그 시기가 눈앞에 와 있지요."

그러자 김홍집이 깜짝 놀랐다.

"그렇습니까? 그러면 그게 언제인지 제가 알 수 있겠습니까?"

대진은 즉답하지 않았다.

"군사 문제여서 말씀을 드리기는 어렵습니다. 그러나 오래지 않은 시간에 반드시 깜짝 놀랄 일이 벌어질 것입니다. 바로 김 국장님이 말씀하신 초량왜관으로 인해서요."

김홍집의 얼굴이 붉어졌다.

"기대가 됩니다. 마군은 지금까지 저를 비롯해 우리 모두의 기대를 저버린 적이 단 한 번도 없었습니다. 그런 마군이 추진하는 일이니만큼 반드시 좋은 결과가 있을 것이라 믿어 의심치 않습니다."

대진도 자신했다.

"예, 기대하셔도 좋습니다. 그리고 그로 인해 우리 조선의 개혁의 수레바퀴는 더한층 빨라질 것입니다. 아울러 국장님께서 말씀하신 노비 해방도 함께 진행될 것이고요."

김홍집이 주먹을 와락 쥐었다.

"좋습니다. 그런 일이 본격화되면 말씀해 주십시오. 저를 비롯한 정부의 신진들이 전적으로 그 일에 협조하겠습니다."

"말씀만 들어도 감사합니다. 그러나 오늘은 오늘의 일에 집중하시지요."

김홍집이 호탕하게 웃었다.

"하하하! 알겠습니다. 교육대학 설립과 학생 입학은 제 전담 사무이니만큼 일체의 소홀함이 없이 추진할 것입니다."

그의 호탕함에 대진도 환하게 웃었다.

"잘해 내실 거라 믿어 의심치 않습니다."

"고맙습니다."

두 사람이 서로를 보며 환하게 웃었다.

조선에서 왜관(倭館)은 1407년으로 거슬러 올라간다. 태종 7년 부산포와 내이포에 처음으로 왜관을 설치해 합법적으로 교역하게 했다.

그리고 왜인들의 증가로 1418년 염포와 가배량에 왜관이 추가로 설치했다. 왜관은 이후에도 여러 이유로 설치와 폐쇄가 반복되었으나 부산포만큼은 꾸준히 유지되었다.

그러다 임란으로 잠시 폐쇄되었던 왜관은 1607년 국교와 함께 다시 설치되었다. 그런 왜관이 두모포를 거쳐 바로 옆 초량에 설치된 때가 1678년이다.

초량왜관 최고 관리는 관수(館守)다.

초량왜관은 조선에서 대마도 왜인들에게 무역 편의를 위해 제공했던 부지다. 그래서 왜관의 관수는 언제나 대마도 출신이 맡아 왔다.

지금의 관수인 기도 고고로(木戸 五郎)도 대마도 출신이었다. 그는 봄이 되어 돌아온 미쓰이(三井) 상인들이 인사하며 건넨 뇌물에 흡족해했다.

조선과 일본의 상태는 최악이었다.

일본은 1868년 유신과 함께 조선에 국서를 보내 나라의 사정을 밝혔다. 그러나 조선은 일본의 국서 접수를 예에 맞지 않다며 거부했다.

일본이 천황이니 황조니 황칙이니 하는 단어를 사용했기 때문이다. 이에 일본은 다시 외교관을 파견했으나 조선은 협상조차 거부했다.

이때부터 양국의 골이 깊어졌다.

그러던 1872년, 사이고 다카모리를 중심으로 정한론이 급부상했다. 사이고 다카모리는 외무성 관리를 초량왜관에 보내 소요를 부추겼다.

그리고 외무성 관리를 불러 조선의 상황을 파악했다. 사이고 다카모리는 조선의 군사 사정이 열악한 것을 파악하고는 일왕에게 청원했다.

일왕은 1872년 8월 18일, 초량왜관을 점령하라는 명령을 내린다. 이에 사이고 다카모리는 2개 소대 병력을 보내 초량왜관을 점령한다.

조선과 일본은 1443년 계해약조를 체결했다. 이 조약에 따르면 왜관을 나와 소요를 일으킨 자들은 전부 사형에 처해야 한다.

그러나 조선은 일본의 무력도발에 제대로 대응도 못 했다. 그러자 일본은 한발 더 나가 초량왜관의 이름을 '대일본공관'이라 선포하고는 관수를 '관장'으로 임의 변경한다.

폭거나 다름없는 조치였다.

그러나 상황은 이제야 시작되었을 뿐이었다.

초량왜관을 점령한 일본은 대마도 상인이 아닌 도쿄 상인들을 대거 보냈다. 조선은 여기에 대해 불법 교역을 못 하게 하는 조치를 취했다.

이때부터 정한론이 급부상했다.

사이고 다카모리는 아전인수나 다름없는 해석을 하며 조선을 맹비난했다. 그러고는 정한론을 적극 주장했다. 그러나 내무경(內務卿) 오쿠보 도시미치와 이토 히로부미가 이를 적극 반대했다.

외교사절단으로 유럽을 다녀온 이들은 내치 우선 정책을 강력하게 주창했다. 그에 따라 양측의 주장은 격렬하게 맞섰다.

이 정쟁은 정한론정변(征韓論政変)으로 불릴 정도로 격렬했었다. 그 결과 사이고 다카모리를 비롯한 강경파들이 대거 실각하게 된다.

미쓰이 상인이 머리를 숙였다.

"지난해도 많은 도움을 주셔서 감사합니다. 관장님 덕분에 소인들은 조선과의 교역에서 나름의 좋은 성과를 얻었습니다."

이 무렵 일본의 재계는 급격히 발전했다. 특히 대장대보를 역임한 이노우에 가오루(井上馨)의 역할을 두드러졌다.

이노우에는 재벌 옹호자였다.

그는 일본을 발전시키기 위해서는 정부가 기업을 적극 지원해야 한다고 주장했다. 그러고는 미쓰이(三井)와 스미모토(住友), 이와사키 야타로(岩崎彌太郎)가 설립한 미쓰비시(三麥) 상사를 적극 지원했다.

덕분에 세 회사는 정치권력의 비호를 받으며 급속히 세를 불리고 있었다. 미쓰이 상인이 초량왜관에 오게 된 것도 이런 이노우에 가오루의 적극적인 지원 덕분이었다.

기도 고고로가 호탕하게 웃었다.

"하하하! 미쓰이 상회가 지난 3년여 동안 꽤 짭짤한 수익을 거뒀지요?"

미쓰이 상인이 더 머리를 숙였다.

"모두가 관장님의 도움 덕분입니다. 올해도 잘 부탁드리오니 널리 해량하여 주십시오."

"알겠소이다. 그렇게 하지요. 그런데 요즘 조선의 내부 상황은 어떻소이까?"

"동래 상인들의 말에 따르면 속오군 제도가 부활했다고 합니다. 그래서 이번 겨울부터 군사훈련을 실시했다고 합니다."

군사훈련이란 말에 기도의 눈이 번쩍 뜨였다.

"조선에서 군사훈련을 실시했다고요?"

상인이 고개를 저었다.

"그러나 하나마나였다고 합니다. 훈련도 과거처럼 창과 칼 등이 고작이었고 식량조차 자신들이 가져가야 해서 불만이 아주 팽배하다고 합니다."

기도가 헛웃음을 지었다.

"허! 놀라운 일이군요. 아직도 그런 구식 병기로 훈련을 한다고요?"

"군사훈련을 한다고 해도 조선의 군사력이 어디 가겠습니까? 우리가 왜관을 점령한 지 3년째가 되었어도 아무런 대응도 못하는 나라인데요."

기도가 크게 고개를 끄덕였다.

"그 말은 맞소이다. 이곳에 있는 우리 주둔군은 서양에서 수입한 최신 무기로 무장했으니 그런 오합지졸은 아무리 많아야 의미가 없지요."

"그렇습니다. 그래서 소인의 생각으로는 별 걱정을 하지 않아도 될 듯합니다."

기도 관수가 고개를 저었다.

"그렇지는 않아요. 조선에 관해서는 작은 일도 빠짐없이 보고하라는 명이 있었소이다. 그래서 이번 일도 좀 더 자세히 조사해서 보고를 올려야겠소. 그러니 그대가 좀 더 수고해 주시오."

"알겠습니다."

관수의 명을 받은 미쓰이 상인이 관수가(館守家)를 나왔다. 그러고는 이때부터 왜관 주변에 형성된 장시를 탐문했다.

마군이 조선에 왔을 때는 이미 초량왜관의 상황이 전개된 이후였다. 그것을 알고 있었던 마군은 일부러 상황을 그대로 방치해 놓고 있었다.

그리고 상황을 역이용했다.

마군은 일본 상인과 접하는 상인들을 따로 불러 철저하게 교육시켰다. 그리고 초량왜관으로 왜곡된 정보만이 흘러 들어가게 만들었다.

이런 조치로 인해 일본은 그동안 마군이 흘려 주는 정보만을 수집할 수밖에 없었다. 그럼에도 군사훈련을 실시했다는 사실만으로도 일본에게는 위협이 되었다.

보고를 접한 일본이 회의를 소집했다.

회의는 실질적인 수상격인 내무경 오쿠보 도시미치가 주도했다. 조선에서 날아온 보고서는 회의 전에 이미 참석자들에게 전달되어 있었다.

"오늘은 조선에서 일어난 상황에 대해 논의해 볼까 합니다."

공부경(工部卿)인 이토 히로부미가 먼저 나섰다.

"조선이 군사훈련을 재개했다고 하지만 별다른 위협이 되지 않을 듯합니다."

야마가타 아리토모(山縣有朋)가 나섰다. 일본 내각에서 강경파를 대표하는 그는 육군경(陸軍卿)을 맡고 있었다.

"조선의 군사력이 형편없는 것은 사실입니다. 지금은 화기의 전성시대입니다. 그런데도 칼창 같은 냉병기로 훈련한다는 건 스스로 미개하다는 걸 공표하는 것이나 다름없습니다."

회의 참석자들이 '와!' 하고 웃었다.

누군가 부언했다.

"조선은 지난 수백 년 동안 제대로 된 군사훈련을 받지 않았다고 들었습니다. 지방군은 탐관오리들의 발호로 아예 없는 것이나 마찬가지고요."

다시 웃음이 터졌다.

야마가타 아리토모가 정색했다.

"그렇다고 조선을 절대 경시해서는 아니 됩니다. 과거 문록·경장의 역(文禄·慶長の役)에서 조선의 대부분을 장악했던 우리가 철군했던 뼈아픈 사실을 잊지 말아야 합니다. 당시 우리의 군사력은 조선은 물론이고 명나라에도 월등히 앞서 있었습니다. 그런 우리가 철군할 수밖에 없었던 것은 생각지도 않은 의병이 발목을 잡았기 때문입니다."

야마가타가 임진왜란을 들고나왔다. 그 말을 들은 가쓰 가이슈(勝海舟) 해군경(海軍卿)이 나섰다.

"당시 조선에는 이순신이란 걸출한 명장이 있었습니다. 그런 이순신을 당시 우리 해군이 꺾지 못한 것이 뼈아팠습니다. 그리고 이순신과의 해전에서의 패전이 우리가 조선에서 철군하게 된 결정적 이유 중 하나이지요."

참석자들의 안색이 굳어졌다.

명치유신이 시작되면서 일본은 자신들이 아시아에서 최고란 자부심에 사로잡혔다. 이런 자부심은 자만으로 바뀌면서 역사왜곡으로 이어졌다.

여몽연합군의 침략을 두 번이나 막아 준 태풍을 가미가제(神風)로 신격화시켰다. 그러고는 일본을 하늘이 지켜 주는 불가침의 신토(神土)라고 주장했다.

고대사도 왜곡시켰다. 특히 한반도와 관련된 사실은 주요 부분을 왜곡해서는 우월의식을 한껏 고취시키려 했다.

그러나 단 하나.

이순신 장군만큼은 아니었다.

어떤 이유를 붙여도 전패한 사실이 없어지지 않았다. 더구나 자신들 기록에도 전패 사실이 많이 남아 있었으며 조선의 기록은 너무도 많았다.

이런 기록을 없앨 수는 없었다.

고심하던 일본은 거꾸로 이순신 장군을 신격화시켰다. 그리고 패전한 이유가 이순신 장군이 너무 위대해서라며 자기 위안을 해 버렸다.

그러고는 이순신 장군을 능가하는 해군 제독을 양성해야 한다고 주장했다. 그러면서 해군 장교를 오랫동안 영국에 유학을 보내는 등의 인재를 양성하기 위해 많은 노력을 해 왔다.

가쓰 가이슈의 발언은 이런 기조를 바탕으로 했음에도 분위기는 급격히 얼어붙었다. 정한론에 신중했던 이토 히로부미가 얼른 화제를 바꿨다.

"야마가타 육군경께서는 조선을 적극 공략해야 한다는 말씀입니까?"

야마가타 아리토모가 고개를 저었다.

"아직은 아닙니다. 우리는 아직, 군을 완전히 개편하지 못한 상황입니다. 그런 상황에서 무모하게 조선을 공략하는 건 좋지 않습니다. 더구나 우리는 지난해 대만 출병을 하면서 많은 전비를 소요한 상황이고요."

오쿠보 도시미치가 나섰다.

"그러면 다른 혜안을 갖고 계시오?"

야마가타 아리토모는 강경파의 대표 주자였다. 그런 그가 의외의 발언을 했다.

"지금으로선 외교력을 앞세워 조선을 개항시키는 것이 최선으로 보입니다. 그러기 위해서는 해군을 동원해 우리가 보유한 강력한 군사력으로 압박을 먼저 실행하는 게 좋겠고요."

이토 히로부미가 찬성했다.

"아주 좋은 생각입니다. 저는 육군경의 의견에 전적으로 동의합니다. 모두 아시겠지만 해군 발전을 위해 우리는 영국으로부터 2,250톤급 순양함 2척과 3,717톤 순양함 1척을 발주했습니다. 그런 상황으로서는 대규모 병력을 동원하는 건 무리입니다."

오쿠보 도시미치도 동의했다.

"나도 무력시위를 통한 개항이 좋을 것 같습니다. 우리 계획대로 된다면 별다른 전비 부담도 없이 조선을 개항시키게 됩니다. 조선을 공략하는 건 그 이후에 진행해도 충분합니다."

이 말에 모두의 고개가 끄덕여졌다.

의견이 모아지자 일본 정부는 급박히 움직였다.

일본은 해군성이 발족했음에도 아직 제대로 된 전함을 보유하지 못하고 있었다. 그래서 3척의 전함을 영국에 주문해 놓은 상태였다.

그러나 재정이 부족했다.

영국에 발주한 전함도 서양에 비해서는 크지 않았다. 그러나 이를 위해 일본 정부는 허리띠를 졸라매야 할 정도였다.

그래서 기존 함정을 총동원했다.

그렇게 해서 동원된 함정은 포함인 245톤급 운요(雲揚)호를 비롯한 5척이었다. 이 중 가장 큰 함정은 1,015톤의 목재외륜선인 카스가마루(春日丸)였다.

그리고 5월 하순.

5척의 함대를 편성한 일본은 드디어 부산으로 출동했다. 요코스카를 출발한 함대는 동경만을 한 바퀴 돌고는 만을 빠져나왔다.

마군은 5월 초부터 동경만의 주변에 잠수함 안무를 배치했다. 그리고 한 달 가까이 일본의 움직임을 주시해 왔다.

그런 안무의 시야에 일본 함대의 움직임이 포착되었다. 안무는 곧바로 외해에 머물고 있던 태백산에게 전문을 날렸다.

전문을 받은 태백산은 다시 울릉도로 급전을 날렸다. 울릉도는 다시 용산을 비롯한 모든 제7기동함대로 급전을 띄웠다.

이런 움직임을 모른 채 일본 함대는 남으로 항진을 시작했다. 대부분의 함정이 10노트 전후였던 터라 함대의 속도는 느렸다.

일본 함대는 며칠 동안 남진했다.

세토 내해를 통과하지 않고 남진한 일본 함대는 시코쿠의 끝에서 방향을 틀었다. 그리고 규수의 끝인 간몬해협을 통과했다.

간몬해협 밖에서 일본 함대를 기다리고 있던 잠함은 안창호였다. 안창호의 함장인 유종기가 이를 갈았다.

"이놈들 잘 왔다. 너희가 가는 부산이 범의 아가리인 줄은 꿈에도 모를 것이다. 이대로 가서 벌리고 있는 범아가리로 곧장 들어가거라."

일본 함대는 유종기의 악담을 들으며 바다를 가로질렀다. 대마도에 도착한 일본 함대는 이즈하라 항구 앞바다에서 밤을 보냈다.

그런 다음 날 아침.

일본 함대가 다시 출발했다. 부산과 대마도는 50여 킬로미터다. 그래서 대마도를 출발한 일본 함대는 불과 3시간 만에 부산 앞바다에 도착했다.

부산 앞바다에 있는 영도(影島).

그런 영도의 끝인 태종대에는 10여 명이 서 있었다. 대진은 태종대에서 망원경을 들고 부산으로 다가오는 일본 함대를 살피고 있었다.

태종대에서는 맑은 날이면 대마도가 바라보인다. 이날도 날이 맑아 일본 함대가 대마도를 돌자마자 태종대에서 포착되었다.

대진은 일본 함대를 처음부터 주시하고 있었다. 그런 대진의 옆에는 김원석도 망원경을 들고 있었다.

김원석은 대진의 여단 작전참모 시절 작전담당관이었다. 그러다 대위로 승진했으며 이번에 소령이 되면서 대진의 전속무관을 자원했다.

김원석이 먼저 입을 열었다.

"특보님, 여기서 보니 그래도 일본 함대가 위풍이 당당하네요."

대진도 인정했다.

"맞아. 우리의 시선으로 봤을 때는 고만고만한 작은 배들이지. 그러나 지금의 조선인들이 봤을 때는 위압감이 상당하다고 느껴질 거야."

"그러게 말입니다. 같은 규모라도 돛이 달린 기범선이어서 훨씬 커 보이지 않습니까."

대진이 고개를 끄덕였다.

"그래도 다행이다. 저놈들이 역사의 흐름대로 쳐들어와서 말이야."

이런 말을 하며 망원경을 내렸다. 그래도 될 만큼 이제는 육안으로도 일본 함대를 살펴볼 수 있었다.

김원석도 적극 동조했다.

"그러게 말입니다. 초량왜관을 미끼로 쓴 계획이 절묘했습니다. 초량왜관을 놔두었기 때문에 저처럼 일본이 함대를 동원하게 된 것입니다. 만일 우리가 사전 제압을 했다면 일본은 분명 먼저 도발했을 겁니다."

대진이 말을 받았다.

"그랬다면 상당히 곤란을 겪었을 거야. 준비가 되어 있지 않은 상황이었으니 말이야. 무엇보다 이전과는 흐름이 달라지는 것이 문제였어."

"맞습니다. 일본이 거꾸로 바짝 웅크렸을 수도 있고요. 그렇게 되었다면 우리가 일본이 도발하도록 부추기기 위해 다른 조치를 취했어야 하고요."

"그렇지. 그래서 우리 스케줄에 맞추기 위해 지금까지 치욕을 감내하면서 초량왜관을 버려두고 있었던 거잖아. 더 큰 복수를 위해서 말이야."

김원석이 주먹을 움켜쥐었다.

"이제부터는 우리의 시간입니다. 혹시 일본이 우리 예상보다 먼저 도발하지는 않겠지요?"

대진이 고개를 저었다.

"장담할 수가 없어. 그리고 이제는 우리도 나름의 준비는 해 두어서 문제는 없어."

"만일 일본이 도발한다면 현해탄을 저들이 무덤으로 만들어야겠지요?"

"당연히 그래야지. 그리고 난 뒤에 우리의 계획에 맞춰 열도를 공략해야겠지."

김원석이 탄성을 터트렸다.

"생각만 해도 속이 후련해집니다. 그리고 시간이 맞지 않으면 우리가 조정하면 되겠네요."

대진이 크게 고개를 끄덕였다.

"그래, 이제부터는 시간을 우리가 맞추면 돼. 우리는 그럴 능력이 충분히 있고, 또 그렇게 해야만 우리의 목적을 달성할 수가 있어."

김원석의 눈빛이 아스라해졌다.

"기대가 됩니다. 우리의 시간에 맞춰 진행된 작전이 어떻게 전개될지를. 그리고 어떤 식으로 결말을 맺게 될지도 말입니다."

대진도 기대감을 숨기지 않았다.

"나도 기대가 된다. 회귀 전은 물론이고 조선이 지금까지 당해 온 설욕을 얼마나 많이 되갚아 주게 될지를 말이야. 그리고 얼마나 많은 배상을 받아 낼지도. 그러나 분명한 점은, 우리의 기대감이 절대 희망 사항으로만 끝나지 않을 거란 사실이야."

김원석도 크게 고개를 끄덕였다.

"예, 맞습니다. 저도 그렇게 될 거라고 믿어 의심치 않습니다."

두 사람은 대화를 나누면서도 일본 함대에서 시선을 떼지 않았다. 천천히 다가오던 일본 함대는 어느새 태종대를 지나가고 있었다.

초량왜관의 관수인 기도 고고로는 이른 아침부터 관수가의 앞을 서성거렸다. 그가 있는 곳의 위치가 높아서 부산 앞바다가 한눈에 내려다 보였다.

그런 그는 얼마 후 환호했다.

"아아! 저기 저 앞을 봐라! 우리 대일본의 함대가 다가오고 있다!"

기도 고고로의 옆에는 일본 병사를 지휘해 온 일본군 육군 대위가 서 있었다. 그런 대위도 부산 앞바다를 보고는 희희낙락했다.

"드디어 우리 함대가 오고 있습니다."

"귀관은 어서 가서 우리 함대를 영접하도록 병사를 이끌고 나가도록 하게."

"예, 알겠습니다."

관수가의 옆은 가파른 계단이었다. 일본군 대위는 그런 계단을 뛰듯이 내려갔다. 그런 모습을 잠시 바라보던 기도의 시선이 다시 바다로 향했다.

그의 입에서 웃음이 절로 나왔다.

"으흐흐! 좋구나, 좋아. 이제 얼마 지나지 않아 조선팔도를 우리가 독판치게 되었어."

미쓰이 상인도 기대감을 나타냈다.

"조선이 개항한다면 우리 상회에서 대거 진출하게 될 겁니다. 그러면 몇 년 가지 않아 이 지역의 상권은 우리가 전부장악하게 될 것입니다."

기도 관수가 기고만장했다.

"부산만 장악하면 되나? 빨리빨리 업무를 추진해서 한양까지 진출해야지."

상인이 황송한 표정을 지었다.

"아이고, 그러면 더없이 좋은 일이고요. 어쨌든 여기 부산부터 장악해야 저희도 좋고 관수 대인도 좋지 않겠습니까?"

기도가 호탕하게 웃었다.

"하하하! 그건 맞는 말이지."

이들의 기대를 한껏 받으며 일본 함대는 부산포 앞까지 다가왔다. 이 무렵 부산포는 작은 포구에 불과해 일본 함대가 접안할 수가 없었다.

어쩔 수 없이 일본 함대는 포구 앞에서 닻을 내릴 수밖에 없었다. 그 대신 위압감을 높이기 위해 포구 앞으로 최대한 당겨서 정박했다.

5척의 일본 함대를 이끈 함정은 조선을 몇 차례 드나든 운요호다. 운요의 함장은 이노우에 요시카(井上良馨) 소좌였다.

이노우에 소좌는 자신만만하게 부산까지 항해해 왔다. 그는 부산포의 시위 이외에 강화도로 올라가 개항의 빌미를 만들라는 특명을 받고 있었다.

이런 특명을 받았기에 그는 이번 원정의 주역이 자신이라고 생각하고 있었다. 그런데 당당하게 닻을 내리고 바라본 부산의 상황이 뭔가 이상했다.

이노우에는 고개를 갸웃했다.

"아니! 이게 어떻게 된 거야? 부산포 주변에 개미 새끼조차 보이지가 않잖아."

갑판장이 짐작했다.

"모두들 도망친 것 같습니다."

"그래도 사람이 너무 없는 거 아냐? 내가 부산을 드나든 지가 몇 번인데 그때마다 상당한 인파가 몰렸어. 그런 사실은 갑판장도 알잖아."

갑판장이 지레 짐작했다.

"두려워서 도망쳤을 겁니다. 미개한 조선에서 우리 같은 대규모 함대를 볼 기회가 있기나 했겠습니까? 우리 함대를 보고 도망친 것이 분명합니다."

이노우에 소좌가 격하게 공감했다.

"갑판장의 말이 맞아. 생전 처음 보는 함대가 두려워 도망쳐서 사람이 없는 거야."

이런 대화를 주고받고 있을 무렵, 초량왜관을 나온 일본군 1개 소대 병력이 달려오는 게 보였다.

"함장님, 저기 우리 일본군입니다."

이노우에가 크게 웃었다.

"하하하! 우리 일본군이 과연 대단하구나. 누구의 제지도 받지 않고 달려오는 모습을 보니 여기가 본토인지 조선인지를 모르겠어."

"그러게 말입니다."

그런데 이때였다.

타! 타! 타! 타!

갑자기 이상한 굉음이 들려왔다. 이노우에 소좌는 곤혹스러운 표정을 지으며 사방을 두리번거렸다.

"이게 대체 어디서 들리는 소리야?"

누군가 소리쳤다.

"함장님! 저기 저 뒤쪽 하늘을 보십시오!"

이노우에가 급히 몸을 돌렸다. 그러자 바다 방면에서 날아오고 있는 V-22의 형상이 눈에 들어왔다.

"저게 대체 뭐야? 무슨 물체이기에 하늘을 날아서 이리로 다가오고 있는 거야?"

그러나 이 질문에 누구도 대답을 하지 못했다. 그렇게 하늘을 쳐다보며 당황해하고 있을 때 해안 지역에서는 또 다른 일이 발생했다.

탕! 탕! 탕! 탕!

부산은 평지가 드물고 대부분이 산지다. 그래서 포구 주변 지역도 가파른 지형의 연속이었다.

마군은 이러한 지형을 적극 활용했다. 그리고 곳곳에 저격병을 매복시켜 놓았다.

그런 저격병들은 적절한 시기를 노리다가 일제히 일본군을 저격하기 시작했다.

일본군은 저격이 있을 거라고는 조금도 생각하지 못했다. 그런 생각을 할 만큼 그동안 초량왜관이 거의 방치되어 있었던 것이다.

완전 무방비 상태에서 저격을 받은 일본군은 허물어지듯 쓰러졌다.

총소리에 이노우에 소좌가 급히 몸을 돌렸다. 그런 그는 우수수 쓰러지는 일본군에 경악했다.

"우리 군이 당한다! 지금 즉시 포격을 준비하라!"

운요호는 포함이다. 그래서 245톤의 소형함정인데도 6.3인치 포 1문과 5.5인치 포 1문이 장착되어 있었다.

갑판장이 급히 몸을 돌렸다.

탕!

그러나 그가 몸을 채 돌리기 전에 한 발의 총탄이 날아왔다. 갑판장은 놀라 몸을 다시 돌렸는데 그런 그의 시야에 머리가 반쯤 날아간 이노우에의 모습이 들어왔다.

그러나 그것으로 끝이었다.

탕! 퍽!

한 발의 총격 소리가 들리는 순간. 갑자기 머리에서 어마어마한 충격이 느껴졌다. 그리고 그 느낌이 갑판장의 마지막이었다.

퍽! 퍽! 퍽! 퍽!

대낮에 벌어진 공격이었다.

마군은 대낮이란 약점을 이점으로 최대한 활용했다. 그래서 이전과 달리 먼저 저격부터 했다.

일본군은 함장 등의 사관과 승조원의 복장이 완전히 달랐다. 마군 저격수들은 이런 일본 해군의 사관들을 노리고 저격했다.

펑! 펑! 펑! 펑!

저격은 얼마 걸리지 않았다.

짧은 시간 안에 일본군 지휘관을 대부분 사살한 마군은 가스탄 공격을 시작했다. 지휘관을 잃은 일본 해군은 완전히 지리멸렬했다.

이어서 V-22에서 하강한 마군이 일본 함대를 순식간에 장악했다. 함대를 장악한 마군은 가장 먼저 돛에 걸린 일장기를 내리고는 태극기를 게양했다.

마군의 저격으로 해안의 일본군이 전멸되었다. 그것을 본 조선 백성들이 하나둘 밖으로 나왔다.

그러다 함대 공격이 끝날 즈음에는 해안으로 인파가 몰렸다. 이들은 태극기가 개양되는 장면을 보고는 두 팔을 번쩍 들었다.

"와! 만세!"

"만세!"

"조선 만세!"

조선 백성에게 일본은 지리적으로는 가까울지 모르지만 상대하기 싫은 나라다. 그런 일본이 지난 몇 년간 초량 일대를 휘젓고 다녔다.

분통이 터지고 울분이 북받쳤지만 어찌할 방법이 없었다. 그저 무력한 나라를 원망하고 애꿎은 하늘에 욕을 해 대며 설움을 풀어야 했다.

그런 울분이 단숨에 풀어졌다.

일본군이 죽어 나가는 모습을 보니 희열까지 느껴졌다. 그뿐만 아니라 하늘에서 마군이 내려와 일본 함대를 단숨에 접수해 버렸다.

만세다. 마군 만세다. 조선 만세였다.

이 기분을 주체할 수가 없었다. 이대로 당장이라도 달려가 초량왜관을 박살 내고 싶었다.

그런데 누군가 이런 분위기를 깼다.

탕!

갑작스러운 총소리에 백성들이 움찔했다. 백성들이 일제히 총소리가 난 곳을 바라봤다. 그곳에는 10여 명의 마군이 확성기를 들고 있었다.

"우리는 마군입니다!"

이 말에 백성들은 환호했다.

"와!"

이렇게 시작된 환호가 잦아들지 않자 마군 지휘관이 손을 들었다. 그러자 놀랍게도 해안에 모인 백성들이 일제히 입을 다물었다.

"우리는 지금 초량왜관을 접수하러 가야 합니다. 그런데 여러분께서 초량 쪽으로 움직이면 큰 사고가 날 수 있습니다. 그러니 왜관 접수가 끝날 때까지 절대 경거망동하지 마십시오."

백성 중 누군가 소리쳤다.

"저는 이번 겨울에 훈련을 열심히 받았습니다! 그러니 저도 참전하게 해 주십시오!"

곳곳에서 자원하겠다는 목소리가 터져 나왔다. 마군 지휘관이 침착하게 설명했다.

"여러분의 용기는 가상합니다. 그러나 지금 우리는 하늘과 땅에서 동시에 공격해 들어갈 겁니다. 그런 작전을 전개하는 데에는 여러분의 참여가 오히려 걸림돌이 됩니다. 그러니 도움을 주시려면 접수가 끝난 뒤 이루어질 수습을 도와주십시오."

"알겠습니다. 허면 이번에 훈련받은 사람들이 대기하고 있겠습니다."

"그렇게 하십시오."

마군 지휘관의 동의를 얻은 백성들이 움직였다. 그런 모습을 본 마군 지휘관은 헤드셋으로 지시했다.

"초량왜관 접수를 시작하라."

초량왜관 관수 기도 고고로의 안색은 더없이 창백해졌다. 그는 눈앞에 벌어지고 있는 상황이 도무지 믿기지 않았다.

"저, 저 하늘에 떠 있는 게 대체 뭐야? 대체 뭐기에 사람이 나오고 이상한 포탄이 쏘아지는 거야?"

미쓰이 상인도 몸을 떨었다.

"괴물입니다, 괴물. 괴물이 아니면 어떻게 저런 일이 벌어질 수 있단 말입니까?"

"이거 큰일이구나, 큰일이야. 괴물에게 우리 대일본 함대가 모조리 당했어."

미쓰이 상인의 절규가 이어졌다.

"그뿐이 아닙니다! 함대를 영접하러 나간 육군 병력도 몰살당했습니다."

함대를 바라보며 탄식을 하던 기도 고고로가 깜짝 놀라 고개를 돌렸다. 그 순간 그의 안색은 완전히 썩어 들어갔다.

8장

기도 고고로가 바라본 해안에는 서 있는 일본군은 단 한 명도 없었다. 그런데 그런 해안에는 언제 몰려왔는지 수많은 조선인들이 두 팔을 벌려 만세를 부르고 있었다.

그의 입에서 절로 욕이 터졌다.

"칙쇼(ちくしょう)!"

잠깐이었다.

조금 전만 해도 앞으로 전개될 일을 상상하며 꿈에 부풀었었다. 그런데 갑자기 이상한 물체가 날아와 함대를 공격했다.

공격은 순식간에 끝났다.

보기만 해도 자부심이 절로 일었던 함대는 어느새 점령당해 있었다. 이런 와중에 함대를 마중 나갔던 병력마저 몰살을 당한 것이다.

갑자기 큰 충격이 두 번이나 연거푸 몰려왔다. 늘 점잔을 빼던 기도 고고로의 입에서 절로 욕이 터져 나올 수밖에 없었다.

그러나 불행은 겹쳐 왔다.

미쓰이 상인이 소리쳤다.

"관수 대인! 조선군이 몰려옵니다!"

해안을 바라보며 몸을 떨던 기도는 화들짝 놀라 고개를 돌렸다. 그런 그의 시야로 왜관을 향해 다가오는 일단의 부대가 들어왔다.

그가 악을 썼다.

"막아라! 침범하려는 조선군을 수단 방법을 가리지 말고 무조건 막아라!"

그의 외침에 남아 있던 일본군이 초량왜관의 정문으로 몰려갔다. 그리고 나름대로 방어망을 구축한다고 정신없이 뛰어다녔다.

이러는 동안 마군과 조선군은 초량왜관을 완전히 포위했다. 초량왜관은 바다를 끼고 있으며 넓이도 10만여 평이나 된다.

미리 준비한 덕분에 그런 왜관을 포위하는 데에는 많은 시간이 걸리지 않았다.

초량왜관을 포위한 조선군은 사신을 파견했다.

왜학훈도(倭學訓導)는 사역원에 속한 역관으로 정·종9품의 품관이다. 부산포의 왜학훈도는 역관이 될 학생들까지 가르치는 임무를 맡고 있었다.

이런 왜학훈도는 왜학별차와 함께 일본과의 외교에서 중요한 역할을 해 왔다. 그래서 품계는 최하위에 불과했으나 대원군까지도 왜학훈도의 거취에 신경을 쓸 정도였다.

왜학훈도 안동준(安東晙)은 철저한 대원군의 추종자였다. 그는 척화파였으나 대원군을 따라 개화파로 전향했다.

그런 그가 동래부사 황정연(黃正淵)과 함께 초량왜관을 찾았다. 초량왜관은 좁은 해안을 따라 길게 형성되어 있다. 그런 왜관에 조선인의 사사로운 출입을 막기 위해 세운 문이 설문(設門)이다.

그런 설문에는 요즘 늘 열려 있었으며 형식적인 경비만 섰다. 얼마 전부터 일본 상인들이 밀무역을 위해 수시로 드나들었기 때문이다.

그러나 이날만큼은 굳게 닫혀 있었다.

안동준이 설문을 향해 소리쳤다.

"문을 열어라! 동래부사 영감께서 직접 방문하셨다! 나는 왜학훈도 안동준이다!"

아무리 급박하다 해도 사신이다.

더구나 초량왜관을 담당하는 동래부사의 방문이었다. 심지어 외교를 담당하는 왜학훈도까지 왔는데 돌려보낼 수는 없었다.

잠깐의 시간이 지나고 설문이 열렸다.

끼익!

안동준이 헛기침을 했다.

"어험! 관수께서는 안에 계시느냐?"

관수가의 하인이 몸을 숙였다.

"연향대청에서 기다리고 계십니다."

"안내해라!"

설문을 지나면 객사가 있다. 그런 객사를 지나면 인가가 없는 길이 이어져 있다. 그러다 50여 미터의 낮은 산이 나온다.

초량왜관 안에는 낮은 산이 3개가 있다. 입구는 복병산(伏兵山)이고, 관수가가 있는 산은 용두산(龍頭山), 그리고 바다 접한 용미산(龍尾山)이다.

안동준과 동래부사는 왜관 하인의 안내를 받아 복병산을 끼고 돌았다. 그러자 두 사람의 앞에 상당한 규모의 건물이 모습을 드러냈다.

연향대청(宴享大廳)이다.

이 건물은 초량왜관을 찾는 양국 관리를 접대하기 위해 만든 연회장이다. 그런 연향대청의 앞에는 기도 고고로가 몇 사람과 함께 대기하고 있었다.

기도 고고로가 먼저 인사했다.

"어서 오십시오, 부사 영감. 그리고 왜학훈도께서도 오셨군요."

황정연이 헛기침을 했다.

"어험! 안에 다른 사람이 있소?"

기도는 질문의 함의를 바로 알아챘다. 그는 정중하게 몸을
숙이면서 대답했다.

"아무도 없사옵니다. 영감께서 중요한 말씀을 하실 것 같
아서 경비도 모두 내보낸 상태입니다."

"험! 그러면 안으로 듭시다."

황정연이 안으로 들어가니 과연 건물은 텅 비어 있었다.
그런 건물 대청의 중앙에는 회의할 수 있는 탁자만이 놓여
있었다.

황정연과 안동준이 탁자에 앉았다. 그런 맞은편에는 기도
와 역관이 마주 앉았다.

기도가 먼저 입을 열었다.

"어쩐 일로 어려운 걸음을 하신 겁니까?"

그러자 황정연이 먼저 꾸짖고 나왔다.

"그렇게 병력을 철수하라고 수없이 권유해도 끝까지 말을
듣지 않더니. 기어코 이런 사달을 내게 만들었구려."

"험 험! 어쩔 수 없는 일입니다. 저는 관수지만 정부의 녹
을 먹는 관리이기도 합니다. 그런 제가 정부의 방침을 따르
는 것은 당연한 일 아닙니까?"

"아무리 그래도 잘못은 바로잡아야지요. 이곳이 왜관이라

고 해도 엄연한 조선의 영토요. 그런 왜관에 병력을 보내 무단으로 점령한 사실은 명백한 주권침해가 아니오."

기도도 물러서지 않았다.

"그 전에 우리는 몇 번이나 외교문서를 보냈습니다. 그러나 귀국은 우리 대일본의 주권을 훼손하는 이유를 들어 외교문서 접수조차 거부해 왔소이다. 그런 조선에게 우리가 계속 끌려다닐 수는 없는 일입니다."

"그래서 함대까지 보내 본국을 침략하려 했던 것이오?"

기도가 순간적으로 당황했다. 그러나 이내 정색하고서 오히려 반박하며 나섰다.

"함대를 보내온 것은 단지 귀국과의 우호 친선을 위해서였습니다. 그리고 개항하게 되면 어떠한 실익이 오는지도 알려주려고 했던 것뿐입니다."

"그러면 이번에 온 함대가 친선 사절이라도 된다는 거요?"

"당연히 그렇지요. 그러니 조선이 무슨 술수를 부렸는지 모르지만 당장 원상복구를 해 주시오. 아울러 함대를 영접하러 나갔던 우리 병력을 사살한 책임을 지시오. 만일 그러지 않으면 그에 대한 모든 책임을 조선이 져야 한다는 점을 명심하십시오."

터무니없는 억지 주장이었다. 그러나 일본은 지금까지 외교협상에서 늘 이런 주장을 해 왔었다.

안동준이 기도를 노려봤다.

"참으로 어처구니없는 주장이오. 그대들이 지금 무슨 짓을 벌이고 있는지는 조선의 삼척동자도 알고 있소이다. 그럼에도 얼굴색도 변하지 않고 이런 말을 할 수 있는 그대의 배짱이 가상하오."

대놓고 지적했다. 그러자 기도의 얼굴이 조금 붉어졌으나 그는 더 강경하게 나왔다.

"잘 판단해야 할 거요. 우리 대일본은 이번에 보내온 함대보다 몇십 배 많은 함정을 보유하고 있소이다. 만일 지금 당장 공석적인 사과와 함께 배상을 하지 않는다면 조선은 지옥을 경험하게 될 것이오."

황정연은 일본말을 모른다. 그러나 두 사람이 무슨 대화를 하는지는 어렵지 않게 짐작했다.

황정연이 결정적 발언을 했다.

"항복하시오."

기도의 눈이 커졌다.

"지금 무슨 말씀을 하는 겁니까? 잘못은 조선이 했는데 항복이라니요?"

황정연이 기도를 노려봤다.

"우리는 일본군이 초량왜관을 점령했음에도 2년이 넘는 동안 아무런 조치를 취하지 않고 있었소. 우리가 왜 그랬는지도 잘 생각해 보시오."

기도 고고로의 목소리가 높아졌다.

"그러면 조선에서 일부러 방치해 두었다는 말씀입니까?"

안동준이 나섰다.

"조금 전의 결과를 보시오. 우리는 마음만 먹으면 초량의 왜군 따위는 단숨에 쓸어버릴 수 있었소이다. 그러나 일부러 기다렸소. 바로 오늘 같은 일을 예견하고 말이오."

기도 고고로의 안색이 창백해졌다.

"그럼, 이 모두가 조선이 만들어 놓은 계책이었다는 말씀이오? 우리는 미끼였고요?"

안동준은 대답하지 않았다. 그 대신 안색이 하얗게 변한 기도 고고로의 얼굴을 보며 경고했다.

"부사 영감께서 제안한 항복 권유를 잘 생각해야 할 것이오. 그대의 판단으로 왜관에 거주하고 있는 수백이 넘는 민간인과 일본군의 목숨이 결정되오. 우리는 일본군이야 그렇다고 해도 죄 없는 일본 민간인까지 죽일 생각은 없소이다."

"훈도 말대로요. 우리는 오랫동안 인연을 맺어 온 대마도 사람들에게는 사감이 없소이다. 그러니 다시 말씀드리지만 관수께서 현명한 판단을 해야 할 것이오."

기도 고고로도 대마도 사람이다. 그랬기에 이러한 배려는 기도 고고로에게 베푸는 혜택이나 다름없었다.

"아아!"

기도 관수의 입에서 탄식이 터졌다. 황정연과 안동준이 의자에서 일어나며 최후통첩을 했다.

"하루의 시간을 주겠소. 만일 내일 정오까지 설문에 백기가 걸리지 않는다면 우리는 초량왜관을 풀뿌리도 남기지 않고 초토화해 버릴 것이오."

경고한 두 사람이 연향대청을 나갔다. 경고와 배려가 거듭되면서 정신이 없던 기도 고고로도 황급히 두 사람을 따라 내려갔다.

처음과 달리 기도 고고로는 설문까지 따라 나왔다. 설문을 나서면서 안동준이 재차 당부했다.

"인명은 소중합니다. 그러니 절대 어리석은 판단을 하지 마시오. 지금 우리가 보유한 화력은 일본이 감히 상대할 수 없을 정도임을 명심하시오."

두 사람이 돌아가자 기도 고고로는 곧바로 회의를 소집했다. 회의에는 초량왜관의 민간인은 물론 공사관의 하급 관리들과 일본군 소위까지 참석했다.

격론이 오갔다.

대부분의 민간인들은 항복하기를 바랐다. 잠깐의 전투였지만 마군과 조선군의 전투력이 워낙 강렬했기 때문이다.

그러나 대마도 출신 사무라이들과 일본군은 격렬하게 반발했다. 이들을 전원 옥쇄(玉碎)를 각오한 결사항전을 주장했다.

관수인 기도 고고로는 고심을 거듭했다.

"후! 하나부사 요시모토(花房義質) 대리공사께서 없는 것이 너무도 아쉽구나. 하나부사 공이 있었다면 이러한 때에 정확한 판단을 내려 주셨을 터인데."

일본은 초량왜관을 무력 점령하고는 대일본공관으로 선포했었다. 그런 뒤 하나부사 요시모토를 대리공사로 임명했었다.

하나부사는 대리공사여서 수시로 초량왜관을 드나들었다. 그러던 그가 러시아 대리공사 자격으로 사할린과 쿠릴열도에 관한 영토 협상을 위해 상트페테르부르크에 나가 있었다.

기도 관수가 하나부사를 찾는 것은 그만큼 책임지기 싫어서였다. 그는 사람은 없고 결정은 해야 한다는 사실에 고심했다.

기도 고고로는 내심 항복하고 싶었다. 그러나 사무라이들과 군의 반대가 너무 극심해 자신의 생각을 밀어붙일 수가 없었다.

그가 한숨을 내쉬었다.

"후우!"

숫자가 적어도 강경론자는 어디서나 힘을 더 얻는다. 더구나 일본같이 무력을 숭상하는 경우에서는 결사항전이 힘을 얻는 게 어쩌면 당연했다.

초량왜관이 항전을 결정했다.

항전이 결정되자 일본인들은 일사불란하게 움직였다. 초

량왜관에서 외부로 통하는 문은 설문과 수문(守門) 그리고 또 다른 수문(水門)이 있다.

이 중 설문이 가장 중요했으며 해안과 접한 수문(守門)이 두 번째다. 초량왜관의 일본인들은 이 두문에 두터운 방어막을 설치했다.

이러한 움직임은 곧바로 왜관을 둘러싸고 있던 조선군에 포착되었다. 태종대에서 내려온 대진이 설문 주변을 바라보며 고개를 저었다.

"어리석은 결정을 했구나."

왜학훈도 안동준이 예상했다.

"아마도 사무라이들이 결사항전을 주장했을 겁니다. 기도 관수는 우리와의 협상에서 분명 항복할 생각이 많아 보였습니다."

대진이 고개를 저었다. 그러고는 분명히 밝혔다.

"아쉽지만 결정에 대한 책임은 저들이 져야 합니다. 그게 어떤 결과를 낳든지 말입니다."

그때 안동준이 부탁했다.

"한 번의 기회를 더 주시면 안 되겠습니까?"

"저들과 재협상하라는 겁니까?"

"그건 아닙니다. 소인이 생각했을 때 전투는 일방적으로 진행될 것으로 보입니다. 그래서 저들의 저항이 잦아들 즈음 제가 한 번 더 나서 보겠습니다."

대진이 놀랐다.

"안 훈도께서 구태여 위험을 무릅쓰면서까지 그러실 필요가 있습니까?"

안동준이 설명했다.

"사람은 버리는 것보다 얻는 게 훨씬 더 어려운 법입니다. 저들 중에는 우리 조선에 우호적인 자들이 많습니다. 일부는 우리 조선을 모국으로 생각하는 자들도 있고요. 그런 자들을 우리가 거둔다면 장차 일을 도모하는 데 큰 도움이 될 것입니다."

대진이 놀랐다.

"일본인 중에 조선을 모국으로 생각하는 자들이 있다고요?"

"대마도는 오래전부터 우리 조선에 의지해서 살아가는 섬입니다. 그렇다 보니 초량왜관의 대마도 사람들은 몇 대를 이어서 거주하는 경우도 생겼고요. 그들 중 대마도가 아닌 이곳 부산에서 태어난 자들도 꽤 됩니다."

그 사실은 대진이 전혀 모르는 일이었다.

"초량왜관에 일본 여자들도 사나 봅니다."

안동준이 너털웃음을 터트렸다.

"허허허! 당연히 그렇지요. 왜관도 사람이 사는 곳입니다. 전부는 아니지만 어느 정도 직책이 있는 자들은 부인을 데리고 와서 삽니다. 그러다 아이를 낳으면 대마도로 보냈다가 어느 정도 나이가 되면 다시 들어오고요."

"그렇군요."

"일본은 이미 오래전부터 첩자를 파견해 조선의 내정을 염탐해 왔습니다. 그러나 우리는 아직까지 그런 조치를 취한 적이 없었습니다."

대진이 인정했다.

"맞는 지적입니다."

"우리가 장차 큰일을 도모하려면 우리에게 협조적인 일본인들이 많이 필요합니다. 초량왜관을 적절히 공략한다면 그런 인적자원을 많이 얻을 수 있을 것입니다."

그 말을 들은 순간, 대진의 머릿속이 번뜩했다.

그러나 한 가지 의문이 생겼다.

"대마도 사람들은 일본 본토에 대해 잘 모르지 않습니까?"

"규슈에 대해서는 해박합니다. 다만 혼슈에 대해서는 잘 모르는 것이 맞습니다. 허나 혼슈를 공략할 때 포로를 귀순시켜 항왜(降倭)로 만들기 위해서는 초량왜인들이 그만입니다. 그리고 적의 사기를 떨어트리기 위한 심리 전술을 구사할 때도 좋고요."

대진이 탄성을 터트렸다.

"아! 그렇군요. 저들을 귀순시킨다면 큰 도움이 되겠습니다."

"예, 그러니 소인에게 기회를 한 번 더 주십시오. 많이는 아니더라도 수십 명은 설득할 수 있을 겁니다."

대진이 승낙했다.

"좋습니다. 일선 부대에 지시해 훈도님의 제안을 적극 수용하게 만들겠습니다."

"감사합니다."

대진은 서둘러 작전본부로 갔다. 거기서 안동준의 제안을 설명하고는 적극적인 협조를 부탁했다.

그리고 다음 날.

정오가 되었다.

타! 타! 타! 타!

본래의 계획은 설문을 야포로 박살 내면서 진압 작전을 벌이려고 했다. 그러나 대진의 제안을 들은 지휘부는 급히 작전 계획을 변경했다.

변경된 계획에 다라 정오가 되자 바다에서 수리온이 날아왔다. 그렇게 날아온 수리온은 일본군이 구축한 진지에 포탄을 투하했다.

꽝! 화악!

투하된 포탄은 마군이 새로 만든 소이탄이었다. 처음보다 성능이 개선된 소이탄은 축구장 1개 면적을 불바다로 만들었다.

그렇게 설문 앞을 불바다로 만든 수리온의 기수는 수문으로 틀어졌다. 그리고 그곳에 구축된 진지도 불벼락으로 날려 버렸다.

단 두 번의 공격이었다.

그 공격에 대부분의 일본군과 사무라이들이 폭사했다. 그러나 그보다 남은 일본인들은 너무도 강력한 공격에 거의 넋이 나가 버렸다.

안동준이 그 장면을 보고 몸을 떨었다.

"대, 대단한 공격입니다."

대진이 설명했다.

"우리가 일본 함대와 초량왜관을 점령한 사실을 일본이 늦게 아는 것이 좋습니다. 그래서 본래는 지금과 같은 포탄 공격은 하지 않으려 했습니다. 자칫 대마도에서 치솟은 불기둥을 포착할 수도 있었기 때문이지요."

안동준도 인정했다.

"날이 맑으면 그럴 가능성도 배제할 수 없습니다."

"예, 그래서 걱정했는데 오늘 다행히 날이 흐려서 이런 공격을 할 수 있게 되었네요."

"그러면 다음 공격이 이어집니까?"

"아닙니다, 잠시 기다려 보시지요."

대진의 설명에 안동준이 잠시 기다렸다. 조선군에서 누군가 나와 설문을 겨냥해 포탄이 장약된 유탄을 발사했다.

쾅!

유탄은 설문을 그대로 깨트렸다. 문이 파괴되면서 초량왜관 내부의 모습이 한눈에 들어왔다.

일본군 진지는 일대가 완전히 불바다가 되었다. 그리고 그런

진지 주변을 수리온이 날아다니며 잔적을 소탕하고 있었다.

"수색대 앞으로!"

조선군 지휘관의 지시가 떨어졌다.

대기하고 있던 병력이 몸을 최대한 낮춰서 달려 나갔다. 수색대는 설문 일대를 비롯해 복병산 앞 영선고개까지 순식간에 장악했다.

대진이 안동준을 바라봤다.

"가시지요."

너무도 강력한 공격에 안동준은 잠시 혼이 나가 있었다. 그러다 대진의 권유를 받아 얼떨결에 대답했다.

"……예, 예."

복병산은 본래부터 조선의 방어진지가 있었다. 수색대는 그곳을 점령하고는 진군을 멈췄다.

대진과 안동준은 그곳까지 함께 갔다. 그리고 안동준이 앞으로 나섰다.

"여기서부터는 저 혼자 가 보겠습니다."

"잠시 기다리십시오."

대진은 4명의 병사를 안동준에게 붙여 주었다. 그러고는 커다란 백기를 앞세워서 나가게 했다.

그리고 얼마의 시간이 지나서였다. 안동준과 동행했던 병사 한 명이 급히 달려 나왔다.

"일본인 잔당이 항복을 받아들였사옵니다."

수색대가 먼저 들어갔다. 그리고 일본인의 항복을 확인하고는 본진을 불러들였다.

며칠 후.

대진이 입궐했다. 그리고 자료와 함께 부산에서 벌어진 작전에 대해 보고했다.

국왕이 파안대소했다.

"하하하! 일본 함대와 초량왜관을 완전히 장악했다고요? 그것도 인명피해 하나 없이요?"

"그러하옵니다."

"장하고 또 장하도다. 우리 조선이 일본과 싸워 이겨 본 적이 과연 얼마 만이던가? 이 특보의 보고를 들으니 십 년 묵은 체증이 뻥 뚫린 기분입니다."

국왕이 보고서를 집어 들었다.

"이번에 나포한 왜선이 모두 5척이라고요?"

"그렇습니다. 245톤의 운요호를 비롯해 350톤급의 칸코마루(觀光丸), 모슌마루(孟春丸), 다이니 테이보(第二丁卯) 등 3척, 그리고 가장 큰 1,015톤급 카스가마루(春日丸) 1척입니다."

"아아! 보고만 들어도 어깨춤이 절로 나는구나. 초량왜관은 상황이 어떻습니까?"

"……입니다."

"대단하군요. 포로를 모두 합하면 1,500여 명이나 된다는 말이군요."

"예, 전하."

대원군이 나섰다.

"포로들은 어떻게 처리하였으면 좋겠나?"

"법과 원칙에 따라 처리하면 됩니다."

"법과 원칙?"

"그렇습니다. 초량왜관의 일본인들은 계해약조에 따라 처리해야 할 것입니다."

국왕이 바로 알아들었다.

"계해약조에 따르면 난동을 부렸던 자들은 처형해야 하는데, 그렇게 하자는 말이군요."

"그렇습니다."

대원군이 적극 나섰다.

"일벌백계 차원에서도 공개처형이 좋겠소이다. 그래야 그들과 야합해서 사리사욕을 챙기려던 자들에게도 경고할 수 있을 거요."

국왕도 동조했다.

"좋은 말씀입니다. 그런데 이번 일도 재판을 거쳐야 하는 건가요?"

대진이 즉각 대답했다.

"당연히 원칙은 지켜야 합니다. 다만 이번 경우는 군에서 벌어진 일이므로 군사재판을 거치면 됩니다."

국왕이 즉석에서 윤허했다.

"좋소. 그렇게 하시오."

"감사합니다. 그리고 남은 일본인들은 성분에 따라 분류하려고 합니다."

대진이 왜학훈도 안동준의 제안을 설명했다. 대원군이 그 말을 듣고는 크게 기뻐했다.

"절묘한 방법이네. 대마도는 과거부터 우리 조선이 없으면 살아가기 어려운 땅이었어. 그런 대마도 사람들을 항왜로 만든다면 의외로 좋은 성과를 거둘 수 있을 것이야."

"예, 그래서 분류 작업을 하고 있는데 의외로 많은 자들이 동조하고 있는 중입니다. 그리고 함대를 타고 왔던 일본 해군은 모조리 체포해서 초량왜관에 수용해 두었습니다."

그 말에 국왕이 큰 관심을 보였다.

"그들은 어떻게 처리하려 하시오?"

"저들은 선전포고도 없이 본국을 침략한 적군입니다. 더구나 지난 몇 년간 초량왜관을 강점하기까지 했고요. 그래서 일본에 사신을 보내 그에 대한 사과와 함께 막대한 배상금을 요구해야 합니다."

"허면 나포한 선박도 돌려줘야 하는 것이오?"

"그렇지 않습니다. 국제관례에 따르면 전쟁 중에 나포한 적선은 노획물이어서 구태여 돌려주지 않아도 됩니다."

그 말을 들은 국왕은 크게 고무되었다.

"잘되었구나. 이번에 나포한 5척의 함정으로 우리 수군을 훈련시킵시다. 그러면 그 의의가 남다르지 않겠습니까?"

대원군이 적극 동조했다.

"지당한 말씀이오. 이 특보, 일본 선박으로 우리 수군이 사용하게 해 주게. 그렇게 훈련받은 수군이 장차 일본을 공략하는 데에 쓰인다면 얼마나 뜻깊겠나?"

대진도 이의가 없었다.

"알겠습니다. 그렇게 조치하겠습니다."

그때 국왕이 문제를 제기했다.

"그런데 일본이 배상금을 지급하고라도 포로를 데리고 간다면 어떻게 합니까? 그러면 저들에게 우리의 기밀이 넘어가는 거 아니오?"

"일본이 받아들일 수 없는 금액을 제시하면 됩니다. 아울러 임진왜란에 대한 배상과 사과도 함께 요구할 것이고요."

국왕이 탄복했다.

"그렇구나. 그렇게 하면 저들이 절대 받아들일 수가 없겠어."

"예, 맞습니다. 그리고 그런 요구는 명분도 축적하는 계기가 됩니다."

"좋은 말씀이오. 허면 저들과 바로 협상을 시작할 것이오?"

대진이 고개를 저었다.

"아닙니다. 우리의 계획에 맞추려면 되도록 늦게 알려지는 것이 좋습니다. 그래서 적어도 서너 달 정도는 비밀을 유지할 생각입니다."

"그렇게 오랫동안 비밀이 유지될 수가 있겠소?"

"이번에 나포한 함정 중에 운요호라는 선박이 있습니다. 그 선박의 선원들을 취조하다가 아주 중요한 단서를 얻게 되었습니다."

"그게 무엇입니까?"

"일본 함대는 두세 달 정도의 시위를 계획했다고 합니다. 그렇게 조선을 위협하다가 운요호가 강화도로 올라와서는 개항을 요구할 계획이었다고 합니다. 그것도 포격을 해 가면서요."

국왕과 대원군의 안색이 대번에 굳어졌다. 두 사람의 머릿속에는 병인양요와 신미양요에 대한 기억이 파노라마처럼 떠올랐다.

대원군이 이를 갈았다.

"으득! 참으로 간악한 놈들이구나. 부산을 뒤흔들어 놓고서 강화로 올라와 개항을 요구하려 하다니. 하는 짓거리가 양이들이나 다름없어. 만일 우리가 마군의 도움을 받지 않았다면 꼼짝 없이 당할 뻔했다."

대진이 말을 이었다.

"그런 계획을 잘만 이용한다면 3~4개월은 쉽게 속일 수 있을 것입니다."

대진이 이후의 계획을 설명했다. 그 설명을 들은 두 사람은 동시에 고개를 끄덕이며 동조했다.

포로들에 대한 처리는 즉각 이뤄졌다.
초량왜관에서 최초로 군사재판이 열렸다.
그 자리에서 부산과 동래를 오가면 난동을 부렸던 자들에 대한 사형이 언도되었다. 그들에 대한 처형은 조선 최초로 공개 총살형으로 거행되었다.
그리고 몇 개월이 흘렀다.

9장

쾅!

내무경 오쿠보 도시미치가 탁자를 내리쳤다.

"가쓰 가이슈 공, 지금 무슨 말씀을 하시는 겁니까? 조선에 출병했던 우리 함대가 모조리 나포되었다니요?"

해군경인 가쓰 가이슈의 얼굴이 붉어졌다.

"대마도에서 올라온 급보에 따르면 조선이 우리의 원정함대를 모조리 나포했다고 합니다. 아울러 초량왜관으로 원정 나가 있던 육군의 2개 소대는 전부 전사했고요."

오쿠보의 시선이 육군경인 야마가타 아리토모에게로 돌아갔다. 그 시선을 받은 야마가타의 안색도 더없이 붉어졌다.

"아뢰옵기 송구하오나 우리 육군의 2개 소대가 전멸했다고 합니다."

쾅! 쾅! 쾅!

오쿠보는 누구보다 침착한 인물이다. 그런 그가 연신 탁자를 내리치며 분노를 감추지 못했다.

"우리 함대가 출병한 지 5개월이오. 그런데 왜 지금까지 아무 소식이 없다가 이런 보고가 올라온 것이오?"

가쓰 가이슈가 대답했다.

"대마도의 전언에 따르면 조선이 일부러 사안을 은폐했을 가능성이 높다고 합니다."

"일부러 은폐를 해요?"

"그렇습니다."

"무엇 때문에 은폐했다는 말입니까? 무려 5척의 함대를 나포했다면 온천지에 소문을 내도 시원치 않았을 일인데요."

야마가타 아리토모가 나섰다.

"조선이 우리와의 전면전을 두려워하고 있는 것이 분명합니다."

"으음! 그럴 수도 있겠지요. 그런데 어떻게 해서 나포한 것을 알게 되었다고 합니까? 육군이 전멸한 것은 또 어떻게 알게 된 것이고요?"

"대마도와 부산은 50㎞ 정도로 맑은 날은 육안으로도 보일 정도지요. 조금만 바다로 나가면 망원경으로 부산 일대가 관측되고요. 그래서 대마도는 지금까지 부산 일대를 주시해 왔

위대한
항해

었는데 아무 이상이 없었다고 합니다. 그러다 9월 초 1척의
배가 보이지 않았고요."

이토 히로부미가 짐작했다.

"운요호가 강화로 올라갔군요."

"그런 것으로 추측됩니다. 그렇게 운요호로 추측되는 함정
이 없어지고 한 달여가 지난 이달 초, 갑자가 4척의 함대가 없
어졌다고 합니다. 그래서 이상하게 생각한 대마도에서 부산
으로 배를 급파했다고 합니다. 그러나 그렇게 보낸 배는 돌아
오지 않았고, 그 대신 조선에서 사신이 넘어왔다고 합니다."

오쿠보의 눈이 커졌다.

"조선에서 사신이 넘어와요?"

"그렇습니다. 조선 사신은 자신들이 우리 함대를 나포하
고 초량왜관을 점령하면서 육군도 전멸시켰다고 했습니다.
그러고는 선전포고도 없이 조선을 침략한 일에 대한 배상과
사과를 요구하고서 돌아갔다고 합니다."

쾅!

야마가타 아리토모가 탁자를 내리쳤다.

"조선이 감히, 우리에게 사과와 배상을 논해요?"

그는 오쿠보 도시미치를 바라봤다.

"내무경 각하, 이는 절대 묵과할 수 없는 일입니다. 지금
당장 전군에 비상령을 내려 병력을 시모노세키로 집결해야
합니다."

강경파답게 야마가타 아리토모는 전쟁부터 하자며 나섰다. 그러나 옆에 있던 이토 히로부미가 나서서 그를 진정시켰다.

　　"야마가타 육군경, 잠시 진정하세요. 우선은 조선의 상황부터 파악부터 해야 합니다."

　　"무엇을 더 파악한다는 말씀입니까? 조선에 대한 상황은 이미 오래전에 파악되어 있지 않습니까?"

　　이토가 고개를 저었다.

　　"이상해서 그렇습니다. 지금까지 우리가 파악한 조선의 군사력이라면 우리 함대를 감히 어찌하지 못할 정도로 약합니다. 그런데 우리 함대를 나포했다고 합니다. 공께서도 격침보다 더 어려운 것이 나포라는 사실을 아시지 않습니까?"

　　야마가타 아리토모의 안색이 순식간에 가라앉았다. 그도 작금에 일어난 상황이 이상하다는 사실을 감지했기 때문이다.

　　가쓰 가이슈가 적극 동조했다.

　　"맞습니다. 지금까지 파악한 조선의 군사력은 우리 함대를 나포할 수준이 아닙니다. 육군이 조사했던 바에 따르면 2개 대대만으로도 조선 전체를 정복할 수 있다고 했습니다."

　　이토 히로부미가 동조했다.

　　"그렇습니다. 그러던 조선이 어떻게 우리 함대를 격침도 아닌 나포를 할 수 있었을까요?"

　　야마가타 아리토모가 고개를 갸웃했다.

"혹시 서양 제국 중 한 나라가 조선을 돕고 있는 건 아닐까요?"

이토 히로부미가 고개를 저었다.

"조선은 아직 개항도 하지 않았습니다. 그런 조선을 어느 나라가 도와줄 수 있겠습니까?"

그때 데라시마 무네노리(寺島宗則)가 나섰다. 외무경인 그는 러시아와 영토 협상을 마치고 돌아와 있었다.

"개항하지 않았다고 해서 도움을 받지 못하는 것은 아닙니다. 혹여 조선이, 개항을 조건으로 도움을 요청했다면 나설 나라는 많습니다."

회의장에 일순 침묵이 내려앉았다. 회의에 참석한 사람들의 머릿속은 경우의수를 생각하느라 갑자기 복잡해졌다.

내무경인 오쿠보 도시미치도 고심에 잠겼다. 그렇게 한동안 고심을 거듭하던 그가 결정했다.

"일단 만나 봅시다. 조선이 무슨 말을 하는지 들어 보고 나서 결정을 합시다. 그래야 전쟁을 하든, 이번 일에 책임을 물어서 배상을 받아 내며 개항을 시키든 하지 않겠습니까?"

데라시마 무네노리도 적극 동조했다.

"내무경 각하의 말씀이 맞습니다. 지금으로선 먼저 조선과 만나야 합니다. 그래야 조선의 배후에 누가 있는지도 알게 될 것이고요. 전쟁은 그 이후 생각해도 늦지 않습니다."

이토 히로부미가 우려했다.

"조선의 배후에 서양 제국이 있다고 하면 큰일 아닙니까? 지금의 우리는 서양 제국을 감당하기 어렵습니다."

데라시마 무네노리가 대답했다.

"어느 나라인지만 알아내면 됩니다. 그러면 제가 직접 나서서 그 나라와 협상하겠습니다. 그래서 조선이 제시한 조건보다 더 좋은 조건을 제안해 우리 쪽으로 끌어들이겠습니다."

러시아와의 영토 협상을 일본이 원하는 대로 이끌어 낸 데라시마 무네노리였다. 그의 말에 모든 참석자들의 고개가 전부 끄덕여졌다.

그 모습을 본 오쿠보 도시미치는 결정을 내렸다.

"좋습니다. 그렇게 합시다. 협상 대표는 이번에 함께 돌아온 하나부사 요시모토 외무대승에게 맡기는 것이 좋겠습니다."

데라시마 무네노리가 나섰다.

"각하! 제가 협상 대표를 맡는 것이 좋지 않겠습니까?"

오쿠보 도시미치가 고개를 저었다.

"아닙니다. 이 정도의 일로 우리 대일본의 외무경이 나서는 것은 격에 맞지 않습니다. 하나부사 외무대승이면 적당합니다."

가쓰 가이슈가 나섰다.

"우리 해군 함정 5척이 나포되었습니다. 그 문제를 해결하기 위해서 해군에서 가와무라 스미요시 중장을 보내겠습니다."

야마가타 아리토모도 나서려고 했다. 그러자 오쿠보 도시미치가 손을 들어 제지했다.

"해군 중장이 나섰습니다. 그 정도만 해도 충분하니 이번 협상만큼은 육군이 나서지 않는 것이 좋겠습니다."

협상에 참여하면 책임도 뒤따르기 마련이다. 그래서인지 야마가타 아리토모는 바로 물러섰다.

"알겠습니다."

오쿠보 도시미치가 결정했다.

"조선에 사신을 파견하세요. 협상을 하자고요. 협상 장소는 대마도로 하고 날짜는 다음 달 10일로 하자고 통보하세요."

그러자 이토 히로부미가 문제를 제기했다.

"각하, 조선은 아직 전신(電信)이 도입되지 않았습니다. 그래서 11월 10일에 만나자고 통보하면 날짜에 맞춰 대마도로 들어오기 어렵습니다."

오쿠보 도시미치가 바로 정정했다.

"아! 내가 착각을 했네요. 조선도 우리처럼 전신이 있는 줄 알았어요. 알겠습니다. 그러면 날짜를 조금 늘려 11월 20일로 정합시다."

"그 정도면 적당합니다."

일본은 1869년 전신이 도입되어 있었다.

그렇게 도입된 전신은 급속히 보급되어 일본의 주요 도시 대부분이 연결되어 있었다. 그러나 해저전선은 아직 깔려 있지 않았다.

내각의 결정은 당일 전보로 시모노세키에 전달되었다.

하달된 내용은 사람이 직접 바다를 건너 대마도로 건너가 전달했다. 그리고 대마도에서 다시 바다를 건너 부산으로 전해졌다.

하지만 일본의 예상과 달리 조선은 마군의 함정을 통신선으로 이용하고 있었다. 그래서 부산으로 전해진 일본의 요청은 제7기동함대의 함정을 통해 당일 용산을 거쳐 한양으로 전달되었다.

편전에서 회의가 열렸다.

일종의 대책회의였다. 이번 일은 처음부터 계획을 갖고 진행되었기에 결론은 바로 나왔다.

협상 대표로 대진이 결정되었다. 외무부 서기관 이상재와 역관 왜학훈도 안동준이 그런 대진을 보좌하게 했다.

그리고 11월 20일.

대진은 협상 대표들과 함께 V-22를 타고 부산으로 내려왔다. 그런 다음 상해를 왕복하는 무역선을 타고 대마도로 넘어갔다.

일본 협상 대표인 하나부사 요시모토와 가와무라 스미요시는 하루 전에 도착해 있었다. 두 사람을 비롯한 일본인들은 이즈하라 항구로 다가오는 조선의 범선을 보고는 크게 술 렁였다.

하나부사 요시모토가 크게 놀랐다.

"아니, 저건 서양이 만든 범선 아닙니까?"

가와무라 스미요시도 어리둥절했다.

"이상한 일이군요. 개항도 하지 않은 조선에서 범선이라 니요. 더구나 저 범선은 규모도 상당해서 1,000여 톤은 족히 되어 보입니다. 그런데 저 돛에 걸린 깃발은 조선의 국기가 맞는 건가요?"

하나부사가 고개를 끄덕였다.

"조선 국기가 맞습니다. 제가 조선의 초량왜관에 주재하 고 있을 때 새롭게 제정한 국기라면서 태극 문양이 들어간 깃발을 가져왔었습니다. 그래서 그 깃발을 관수가의 앞에 게 양대에 우리 일장기와 함께 게양했었습니다."

"그렇군요."

"그런데, 으음! 이상하군요. 지난번 대책회의에서 서양이 조선을 도와주었을 가능성이 거론되었다고 합니다. 그 말처럼 혹시 조선을 서양의 어느 국가에서 도와주는 건 아닐까요?"

가와무라가 동조했다.

"그럴 가능성도 배제할 수는 없을 것 같습니다."

"이거, 아무래도 이번 협상이 쉽게 흘러가지 않을 공산이 높겠습니다."

하나부사가 한숨을 내쉬었다.

"하아!"


이들이 조선의 범선을 바라보고 있을 때 대진도 항구 방면을 바라보고 있었다. 그런 대진의 옆에는 이번 협상 대표들과 송도영이 서 있었다.

송도영이 짐작했다.

"우리가 범선을 타고 온 것을 보고는 일본 협상 대표들이 많이 놀라고 있을 겁니다."

대진도 동의했다.

"그렇겠지. 아마도 온갖 추측을 하느라 머릿속이 복잡할 거야."

송도영이 궁금해했다.

"이번 협상의 목적은 명분 축적인데 어떻게, 대차게 나가실 겁니까?"

대진이 고개를 끄덕였다.

"그럴 생각이야. 조선은 지금까지 임진왜란에 대한 공식적인 사과를 단 한 번도 요구하지 않았어. 거기다 배상은 생각조차 하지 않았고. 단지 포로 송환에 대해서만 적당히 노력을 했었지. 그래서 이번에 그 부분을 중점적으로 거론하려고 해."

이상재가 조심스럽게 의견을 냈다.

"에도막부는 임진왜란에 대해 도요토미 히데요시가 저지른 일이라면서 책임을 회피했었습니다. 지금의 일본도 그런 식으로 나오면 어떻게 합니까?"

그러자 대진이 싱긋이 웃었다.

"그들이 거부하든 하지 않든, 그건 중요하지 않아요. 방금 송 상무가 말한 대로 이번 협상은 명분을 축적하기 위해 마련한 자리이지요. 그렇기 때문에 우리는 우리의 주장만 정확히 전달하면 됩니다."

"너무 과한 주장을 하면 일본이 도발할 가능성도 있지 않겠습니까?"

대진이 크게 웃었다.

"하하하! 맞습니다. 우리 주장이 강하면 도발할 가능성이 높지요."

"우리에게는 시간이 필요합니다. 그런데 저들이 먼저 도발하면 문제가 되지 않겠습니까?"

대진이 고개를 저었다.

"조금도 문제가 되지 않아요. 아니, 지금의 우리에게는 그게 오히려 더 좋습니다."

이상재가 놀랐다.

"예? 그게 무슨 말씀입니까?"

대진이 몸을 돌려 바다를 가리켰다.

그는 바다를 한눈에 담았다.

"일본이 조선을 도모하기 위해서는 몇만의 병력을 동원해야 합니다. 그러려면 적어도 수십 척의 병선이 필요하고요. 일본은 그런 병선을 구하고 나서야 저 바다를 건너겠지요. 그러나 우리 마군이 바다를 지키는 한 누구도 건널 수가 없어요."

이상재가 격하게 반응했다.

"마군이 아예 바다를 건너지 못하게 만들겠다는 말씀이군요."

"그래요. 적을 이기기 위해서는 가장 유리한 지형에서 싸워야 하는 건 기본이지요. 그런데 저 바다는 우리에게 더없이 유리한 지형입니다."

송도영이 생각을 밝혔다.

"일본이 도발하게 만들어야 합니다. 일본은 병력 이삼만 정도를 먼저 보낼 겁니다. 그리고 우선적으로 부산 일대를 점령하려고 시도할 것이고요."

대진이 동의했다.

"맞아, 내 예상도 그래. 일본은 초량왜관을 점령하고는 수시로 조선 상황을 정탐해 왔어. 임진왜란과 비슷하게 말이야. 그런 일본의 첩자는 분명 조선의 군사력이 형편없다고 보고했을 거야."

이상재도 알고 있는 사실이었다.

"우리가 일부러 그렇게 보였지 않습니까? 그러니 당연히 그렇게밖에 볼 수 없을 것이고요."

"그렇습니다. 그래서 이번 협상에서 우리가 무리한 요구를 하면 저들은 분명 반발할 겁니다."

송도영이 거들었다.

"일본은 조선을 동등하게 보지 않습니다. 저들은 나름대로 개혁을 잘 추진한다고 자부하고 있습니다. 그런 일본에게 조선은 언제라도 공략이 가능한 약소국에 불과할 뿐입니다."

"그렇지. 그런 판단에 따라 곧바로 군사를 동원할 가능성이 높지."

이상재가 우려했다.

"그런데 우리 예상과 달리 10만이 넘는 대규모 병력을 동원하면 어떻게 합니까?"

대진이 자신만만하게 대답했다.

"바다는 우리 세상입니다. 일본이 얼마나 많은 병력을 동원하든 아무 문제가 없습니다. 그리고 우리가 파악한 바로는 일본은 아직 군편제가 제대로 되어 있지 않아요. 그래서 당장 동원할 수 있는 병력은 이삼만 명에 지나지 않지요. 그렇다고 징병제를 실시하는 상황에서 사무라이를 다시 불러들일 수도 없고요."

"지금 보유한 병력만으로 부산 점령을 먼저 시도할 공산이 크다는 말씀이군요. 그리고 나서 징병을 해서 병력을 충원하고요."

대진이 크게 고개를 끄덕였다.

"그게 수순일 겁니다. 그런데 우리가 일본의 선발부대를 박살 내면 어떻게 될까요?"

"일본은 큰 충격에 빠지겠지요."

"그렇습니다. 형편없다고 생각한 조선에 의해 선발대가 전멸했으니 한동안 정신이 없을 겁니다. 그러면서 상황을 파악하느라 바로 추가로 파병하지 못할 것이고요. 그렇게 되면, 우리가 필요한 시간은 저절로 벌어지지요."

송도영이 웃으며 부언했다.

"해전을 치르는 와중에 일본 함정을 상당수 나포할 수도 있겠지요."

대진도 인정했다.

"물론이지. 그렇게 되면 지난번처럼 나포한 일본 함정은 조선 수군을 강군으로 만드는 데 큰 기여를 할 거야."

"그리고 우리가 일본을 도모할 때는 결정적 역할을 담당할 것이고요."

"당연히 그렇게 되겠지."

이상재가 뿌듯한 표정을 지었다.

"아아! 두 분의 말씀만 들어도 가슴이 웅장해지는 기분입니다."

대진이 옆을 바라봤다.

"이번 협상에서 안 훈도님의 역할이 매우 중요합니다. 우리는 일본말을 잘 모릅니다. 그러니 상대의 분위기를 봐 가면서 적당할 때는 우리를 거치지 않고 바로 말을 하셔도 됩니다."

안동준이 결의를 다졌다.

"무슨 말씀인지 잘 알겠습니다. 반드시 좋은 결과를 얻을 수 있도록 최선을 다하겠습니다."

잠시 후.

범선이 선착장에 도착했다.

조선의 범선은 일본 협상 대표가 타고 온 선박 바로 옆에 정박했다. 그런데 일본의 선박은 같은 범선이었으나 300여 톤에 불과해 조선의 범선과는 너무도 대비되었다.

하나부사는 그런 모습을 내려다보며 공연히 기분이 나빠졌다. 바로 옆에 있던 가와무라 스미요시도 눈살을 찌푸렸다. 두 사람은 그러나 겉으로 내색하지는 않고 작게 혀를 찼다.

협상 장소는 이즈하라 성이었다.

일본의 다이묘들은 대부분 자신의 성에 천수각이라는 누각을 짓는다. 그러나 이즈하라 성에는 천수각이 없으며 항구에서 일직선으로 길이 나 있다.

이런 형태의 다이묘 성은 일본 본토 어느 곳에도 없다. 대마도가 이런 식의 성을 만든 것은 조선과의 선린외교를 위한 목적 때문이었다.

대진 일행은 성의 한쪽에 마련된 전각으로 안내되었다. 이 전각은 조선과의 외교 장소로 수시로 사용되던 곳이다.

그래서 입구의 문도 고려문(高麗門)이었다. 이런 전각이다 보니 실내에는 협상할 수 있도록 모든 준비가 갖춰져 있었다.

하나부사가 먼저 인사했다.

"처음 뵙겠습니다. 대일본국의 외무대승 하나부사 요시모토입니다."

"처음 뵙겠습니다. 본관은 대일본국 해군 중장 가와무라 스미요시입니다."

이어서 대진이 영어로 자신을 소개하며 손을 내밀었다. 하나부사 요시모토가 깜짝 놀라 영어로 더듬거렸다.

"조선에서도 영어를 하는 사람이 있습니까?"

"당연하지요. 나뿐이 아니라 여기 있는 외무부의 이 서기관도 영어를 나름 잘합니다."

이상재가 능숙하게 영어로 자신을 소개했다. 하나부사 요시모토의 안색이 처음보다 붉어졌다.

"놀랍습니다. 젊은 서기관의 영어도 대단히 능통하군요."

이상재가 겸양했다.

"아직은 능숙하지 못합니다. 해서 협상은 귀국의 편의를 봐서 일본어로 하려고 합니다."

"아! 감사합니다."

대진이 웃으며 자신의 손을 바라봤다.

"악수를 나누고 싶은데 어려운 일입니까?"

하나부사가 황급히 손을 맞잡았다.

"절대 그렇지 않습니다."

악수를 나눈 그가 양해를 구했다.

"제 영어 실력이 아직은 일천합니다. 그래서 귀국이 배려해 주신 대로 우리 일본어로 대화를 나누겠습니다. 그러니 귀하께서도 편하게 조선어로 하시면 됩니다."

"그러지요."

대진은 이어서 가와무라 스미요시와 조선어 통역과도 악수를 나눴다. 두 사람은 악수한 경험이 적어서인지 쭈뼛거리며 대진의 손을 마주 잡았다.

처음부터 기선제압이었다. 악수를 나눈 대진이 의자에 앉자 다른 사람들도 따라서 앉았다.

하나부사가 먼저 입을 열었다.

"오시는 데 어려움은 없었습니까?"

"우리야 멀지 않은 거리이고 큰 배여서 잘 왔습니다. 우리보다는 두 분이 거친 바다를 건너느라 고생이 많았겠습니다."

"하하하! 맞습니다. 대마도가 본토보다 조선과 더 가깝기는 하지요."

이후 몇 마디 말이 오갔다.

두 사람 모두 칼은 들지 않았으나 말속에 무수히 많은 칼을 품고 상대를 저격했다. 그런 칼날이 모두 비켜나면서 분위기가 잡혔다.

하나부사가 본론을 꺼냈다.

"귀국이 본국 함대는 물론 우리 육군까지 몰살시켰다고요."

"그렇습니다."

쾅!

가와무라 제독이 탁자를 쳤다.

"감히 조선이 우리 대일본의 함대와 병력을 죽여요? 지금 이게 말이 된다고 생각하시오?"

대진이 냉정하게 쏘아봤다.

"당연히 말이 되지요. 일본은 선전포고도 없이 침략한 적을 그대로 놔둡니까?"

"선전포고라니요? 우리는 조선과 전쟁하려고 함대를 보낸 것이 아니었습니다."

"그러면 무엇 때문에 함대를 보낸 겁니까?"

"우리는 조선과 수교하려고 함대를 파견한 겁니다. 그런 함대를 조선이 감히 공격해요? 국제법상 타국의 상선이나 함대는 해당국의 고유영토입니다. 그러니 당장 함대부터 돌려주시오."

외교관이 아닌 가와무라가 자신의 속내를 먼저 보여 버렸다. 옆에 있던 하나부사가 당황해하는 모습을 보면서도 대진은 냉정했다.

"무언가 착각하는 것 같습니다. 일반 상선도 상대국의 항구에 입항하려면 통보하고 허락을 받아야 합니다. 하물며 군사력을 보유한 함대는 더 말할 나위도 없고요. 헌데 일본이 그런 절차를 밟았습니까?"

가와무라가 순간 당황했다. 그런 틈을 봐서 하나부사가 얼른 나섰다.

"통보를 못 한 것은 사실입니다. 하지만 양국의 우의를 봤을 때 통보는 후에 해도 되는 일 아닙니까?"

대진이 냉정하게 하나부사를 노려봤다.

"일본은 조선에 대해 얼마나 우의를 깊게 생각하는지 모릅니다. 그러나 우리 조선은 허락도 없이 들어온 남의 나라 함대를 그냥 돌려보낸 적이 없어요."

이상재가 나섰다.

"병인년의 프랑스도 그렇고 신미년의 미국도 함대를 몰고 와서 개항을 시도했습니다. 그런 양국 함대를 우리가 분연히 격파한 적이 있습니다."

가와무라가 다시 나섰다.

"그때 양국이 물러선 것은 실익이 없다는 판단 때문이었습니다. 만일 조선이 우리 일본처럼 큰 나라였다면 그냥 돌아가지는 않았을 겁니다."

대진이 어이없는 표정을 지었다.

"무슨 그런 말도 안 되는 억지주장을 하는 겁니까? 일본이 개항할 때 미국 함대를 보고 두려워서 그냥 개항에 동의했잖습니까? 우리처럼 총이나 대포도 한 번 쏴 보지 않고요."

그러자 가와무라의 얼굴이 붉으락푸르락했다. 하나부사가 씩씩거리는 그를 다독이며 나섰다.

"거듭 말씀드리지만 우리 일본은 조선을 침략하려는 의도는 조금도 없었습니다. 그러니 우리에게 침략의 허울을 뒤집어씌우지 마세요."

쾅!

이번에는 대진이 탁자를 내리쳤다.

"지금 그게 무슨 말입니까? 더구나 귀국 함대는 부산에 몇 개월 동안 정박해 있었습니다. 그리고 일본은 남의 나라가 자국 영토를 강점해도 그냥 인정해 줍니까? 만일 그렇다면 우리가 병력을 보내 일본의 주요 지역을 점령하게요."

하나부사가 펄쩍 뛰었다.

"그 말씀, 당장 취소하세요! 지금 우리 일본과 전쟁하겠다는 겁니까?"

"전쟁은 일본이 선전포고도 없이 먼저 시작하지 않았습니까? 일본은 이미 3년 전에 육군 병력을 보내 초량왜관을 강점했어요. 그러고는 본국의 어떠한 승인도 하지 않고 '대일본공관'이란 선포를 했고요. 이게 전쟁이 아니라면 무엇입니까?"

하나부사가 순간 말이 막혔다.

그는 자신의 능수능란한 화술이라면 고지식한 조선의 관리를 갖고 놀 수 있을 거라 예상했었다. 그런데 대진은 분명한 논리로 거꾸로 자신의 말문을 몇 번이나 막고 있었다.

"……우리가 육군을 보낸 것은 귀국이 우리의 외교문서를 접수하지 않았기 때문입니다."

논리가 궁해진 하나부사가 국서 거부 사건을 꺼내 들었다. 그러나 대진이 바로 반박했다.

"우리 조선은 당시 반대하는 이유를 분명히 밝혔습니다. 그리고 왜 그렇게 해야 하는지도 알렸고요. 만일 일본이 동등한 입장에서 외교할 생각이었다면 먼저 그대들의 외교문서부터 수정했어야지요. 그렇게 하지 않은 까닭은 오직 하나, 우리 조선을 낮춰 봤기 때문 아닙니까?"

외교는 최대한 본의를 숨긴 채 상대와 대화한다. 그러다가 적당한 시기를 봐서 요구 사항이나 의도를 주장하기 마련이다.

그런데 이번 협상은 달랐다.

대진은 처음부터 외교적인 수사를 무시하고는 기선제압부터 했다. 이어서 일본의 문제를 핀셋으로 찍어 내듯 공략하고 있었다.

대진의 노골적인 추궁에 하나부사의 답변이 궁해졌다. 그러나 하나부사는 러시아와의 영토 협상까지 성공을 이끈 나름대로 노련한 외교관이었다.

하나부사가 급히 대화를 이었다.

"절대 그렇지 않습니다. 우리 일본은 700여 년 만에 막부 시대를 청산했습니다. 그러면서 천황 폐하의 직접 통치 시대

를 열게 되었고요. 이러한 격변을 알려 주기 위해 보낸 문서
다 보니 조금 격양된 어조가 없지는 않았습니다. 허나 정식
외교문서를 거부하는 건 예의가 아니지요."

사과도 아닌 묘한 말이었다.

'하나부사의 입장에서는 이 이상 다른 말을 할 수는 없겠
지. 어차피 결론은 예정되어 있는 거나 마찬가지인 협상이
다. 그러나 짚고 넘어갈 것은 분명히 짚고 넘어가야 한다.'

대진이 심호흡을 했다.

"하나부사 대표께서는 양국 간에 체결되었던 계해약조(癸
亥約條)를 아십니까?"

하나부사의 안색이 굳어졌다.

"알고 있습니다만?"

"계해약조는 우리 조선이 귀국에 왜관을 처음 내줄 때 체
결한 조약입니다. 그 조약에 따르면 허가받지 않은 일본인들
이 왜관을 나와 돌아다니거나 난동을 부리면 사형에 처해야
하지요."

하나부사의 이마에 땀이 배었다.

"그, 그게……."

대진이 분명히 밝혔다.

"그런 규정을 하나부사 대표께서도 아시는군요. 우리 조
선이 일본인을 처형한 것은 거기에 따른 조치일 뿐입니다.
아울러 무단으로 왜관을 점령한 일본군을 사살한 것은 자위

권 차원에서의 정당한 행위임을 분명히 밝히는 바입니다."

하나부사의 안색이 더 굳어졌다.

"자위권이라고요?"

"그렇습니다. 대표께서는 외교관이니 국제 관계에서의 자위권에 대해 잘 알고 있을 겁니다. 그렇지 않습니까?"

하나부사는 쉽게 답을 주지 못했다. 그런 그를 대진은 조용하지만 날카롭게 찔러 갔다.

"대답하지 않는 건 긍정의 의미로 받아들이겠습니다. 그래서 우리는 부산을 침략한 귀국의 함대도 자위권차원에서 처리한 것입니다."

끝까지 잘못을 인정하지 않던 하나부사였다. 그러다 대진이 자위권을 들고나오니 그제야 한발 물러섰다.

"……본국이 절차상 잘못을 저지른 것은 인정합니다. 그렇다고 해서 우리 함대를 나포해서 돌려주지 않는 것은 잘못입니다. 그러니 그만 노여움을 푸시고 함대와 병력을 돌려주시지요."

대진이 고개를 저었다. 그러고는 일본 함대의 상황을 적당히 부풀렸다.

"그럴 수는 없습니다. 그리고 귀국 함대를 장악하는 와중에 상당수 병력이 사살되었습니다. 그리고 몇 척은 전파되었고요."

가와무라 스미요시가 벌떡 일어났다. 그런 그는 흥분해서 손가락질까지 하며 소리쳤다.

"무엇이 어쩌고저쩌째요? 우리 병력의 사상자가 많고 전파된 함정도 있다고요?"

대진이 어이없어했다.

"지금 무슨 말씀을 하는 겁니까? 우리가 제압하려는데 일본군은 그냥 있어야 합니까? 당연히 일본군은 강력히 저항했고 우리는 그런 일본군의 저항을 분연히 무찌르고 제압했습니다. 그런 전투가 벌어지면 사상자도 발생하고 함정도 손실을 입는 게 당연한 일 아닌가요?"

"이, 이, 이……."

가와무라 스미요시가 분기탱천해서 어찌할 바를 몰라 했다. 그러나 논리정연한 대진의 말에 제대로 된 반박을 못 하고 콧김만 내뿜었다.

하나부사가 나섰다.

"남은 함정과 병력이라도 돌려주십시오."

대진이 선선히 대답했다.

"돌려드리지요. 그러나 그 전에 공식적인 사과와 배상을 먼저 해 주십시오."

"사과와 배상이요?"

"그렇습니다. 이번에 일어난 일련의 과정은 전적으로 귀측의 책임입니다. 그리고 그런 과정에서 본국의 사상자도 10여 명 발생했습니다. 아울러 불법적인 밀무역으로 지난 3년간 본국은 막대한 재산상의 손실을 입었습니다. 그리고 가장 중요한."

대진이 일본 대표들을 노려봤다.

"불법으로 본국 영토를 강점한 행위. 그리고 무려 3년여를 강점해 조선의 국가 품격을 훼손시키며 온갖 불법을 저지를 행위. 특히 일본군의 포학한 행위로 선량한 본국 백성이 위협당한 행위. 마지막으로 무려 5척의 함대를 보내 본국을 위협한 행위에 대한 정식 사과와 배상을 해 주시오."

하나부사와 가와무라의 입이 딱 벌어졌다. 그러나 대진의 말은 여기서 끝나지 않았다.

"전투 중에 사망하거나 부상당한 우리 병력에 대한 배상도 함께 해 주시오. 그리고 두 번 다시 같은 일을 반복하지 않겠다는 약속을 귀국의 군주께서 직접 약속해 주시오."

가와무라 스미요시가 소리쳤다.

"말도 안 되는 소리! 우리 대일본국의 천황 폐하께서는 신성한 분이시오! 그런 분께서 어찌 이런 일에 왈가왈부할 수 있단 말이오?"

안동준이 대놓고 지적했다.

"당연히 해야지요. 우리는 귀국의 군주가 초량왜관을 점령하라는 명령을 내렸다는 사실을 알고 있습니다! 머슴이 잘못해도 주인이 책임져야 합니다. 그래서 주인은 머슴이 잘못을 저지르지 못하도록 늘 단속하고 교육시키지요. 그런데 이번 일의 단추는 귀국의 군주가 잘못된 명령을 내렸기 때문에 일어난 일입니다."

쾅!

이번에는 하나부사가 분노했다. 그러나 안동준의 설명을 들은 대진이 한발 더 나갔다.

"귀국의 군주께서도 사과하시오."

"무엇이라고요?"

"잘못을 저질렀으면 당연히 사과를 해야지요. 귀국의 군주가 무슨 의도로 본국의 초량왜관을 점령하라고 명령했는지 모릅니다. 허나 이는 명백한 주권침해요, 침략 행위입니다. 하나부사 대표께서 이것까지 부인하시지는 않겠지요?"

"……."

하나부사 요시모토의 답변이 궁해졌다. 한동안 고심하던 그가 고개를 저었다.

"무언가 전달이 잘못되었습니다. 우리 천황 폐하께서는 절대 그런 명령을 내릴 분이 아니십니다."

탕!

이번에는 대진이 탁자를 쳤다.

"이보시오, 하나부사 대표. 당시 초량왜관을 강점하고 일본국공관으로 선포했을 때 그대가 조선의 대리공사로 오지 않았소?"

하나부사의 눈이 더없이 커졌다.

"그, 그걸 어떻게……?"

"모르는 게 이상하지요. 그대는 초량왜관에서 몇 번이고 자신들을 인정해 달라는 문서를 우리 조정에 보냈지 않았습니까? 아니, 어떻게 남의 나라를 강점한 것도 부족해서 그걸 인정해 달라는 요청을 할 수 있었던 겁니까?"

하나부사의 얼굴이 붉어졌다.

"……."

"그대는 외교관입니다. 그럼에도 어떻게 그런 망언과 망동을 할 수 있었던 겁니까? 그건 다 우리 조선을 하찮게 생각했기 때문에 취할 수 있었던 거 아닙니까?"

"……."

하나부사 요시모토의 얼굴이 더 붉어졌다. 계속해서 논리에서도 명분에서도 밀리자 그는 당황해하다가 이를 악물었다.

"남은 병력과 함정을 돌려주시오. 그리고 죽은 우리 병사들과 민간인 그리고 파괴된 함정에 대한 배상을 해 주시오."

대진이 어이없어 했다.

"결국 이렇게 나오는군요."

"이렇게 나오다니요?"

"그대들은 애초부터 협상할 생각이 조금도 없었던 겁니다. 그랬으니까 지금까지 대화했음에도 불구하고 이런 어이없는 요구를 하는 것이지요."

가와무라 스미요시가 이를 갈았다.

"으득! 더 이상 우리를 모독하지 마시오. 만일 우리의 요구를 들어주지 않는다면 절대 묵과하지 않을 것이오."

"묵과하지 않으면요?"

"과거와 같은 일이 일어나지 않는다는 법이 없소이다. 그렇게 되면 조선 전토는 초토화될 것이며 귀국 백성은 전부 유리걸식하게 될 것이오."

가와무라 스미요시가 임진왜란을 거론하는 발언을 했다. 적당한 때를 기다리고 있던 이상재가 바로 나섰다.

"지금 해군 중장께서는 우리 조선에 선전포고를 하는 겁니까?"

가와무라 스미요시가 흠칫했다.

"선전포고라고 했소?"

"그렇지 않습니까? 귀하께서는 지금 과거의 일을 운운했습니다. 그 과거는 임진왜란인 것 같은데, 거기다 나라가 초토화되고 백성이 유리걸식한다고까지 협박했습니다. 이는 우리 조선을 침략하겠다는 말로 들리는데 아닙니까?"

가와무라 스미요시는 바로 대답을 못 했다. 그런데 옆에 있던 하나부사 요시모토가 대신 대답했다.

"그렇게 들어도 무방합니다."

"정녕 선전포고를 했단 말이지요?"

하나부사가 억지주장을 했다.

"조선이 책임지면 됩니다. 지금이라도 지난 잘못에 대한 분명한 사과를 하세요. 그리고 나서 우리가 입은 인적·물적 피해를 배상하세요. 그러면 우리 일본은 양국의 우호 증진을 위해 대국적으로 일을 처리할 것입니다."

이상재가 펄쩍 뛰었다.

"말도 안 되는 말씀을 하는군요. 아전인수라는 말이 어디에 쓰이나 했더니 딱 여기에 해당되는군요. 잘못은 일본이 저질러 놓고 우리보고 책임지라니요."

"어쨌든 피해를 본 것은 우리 아닙니까?"

"그대들이 처음부터 조선에 관심이 없었다면 이런 일은 아예 벌어지지도 않았을 겁니다."

"바로 옆에 있는 나라에 대해 어찌 관심을 갖지 않을 수 있겠습니까?"

"우리 조선은 귀국이 개항을 하든 무엇을 하든 조금도 관심이 없습니다. 그런데 귀국은 왜 이렇게 우리 조선에 대해 관심이 많은 겁니까?"

"그거야……."

하나부사가 다시 말꼬리를 잡으려 했다. 그것을 대진이 손을 들어 제지했다.

"경고합니다."

이 말에 회의장이 바짝 냉각되었다. 하나부사가 안색이 딱딱해지면서 목소리도 냉랭해졌다.

"무슨 경고를 하겠다는 거지요?"

"우리는 정당하게 사과와 배상을 요구했습니다. 그런 우리의 요구를, 그대들은 거부하며 오히려 사과와 배상을 요구하는군요. 그러면서 임진왜란까지 들먹이며 협박하고요."

"우리는 우리의 정당한 요구를 하는 것뿐입니다."

"예, 그러시겠지요. 그래서 경고하는 겁니다. 만일 우리의 요구를 받아들이지 않는다면 이후에 일어나는 일에 대한 책임은 전적으로 일본에 있다는 걸 천명하는 바입니다."

하나부사가 이를 부득 갈았다.

"으득! 지금 우리에게 선전포고하는 겁니까?"

"선전포고는 일본이 먼저 했음을 잊었습니까?"

가와무라 스미요시가 격하게 나왔다.

"그래서 감히 우리 대일본에게 선전포고한단 말입니까?"

"감히인지 아닌지는 두고 봐야겠지요. 그리고 우리는 추가 요구를 합니다."

대진이 가져온 서류를 내밀었다. 하나부사 요시모토가 놀란 표정을 짓다가 서류를 건네받았다.

서류를 읽던 하나부사가 분노했다. 서류에는 이번 사건은 물론, 임진왜란에 대한 사과와 배상이 명기되어 있었기 때문이다.

쾅!

"감히 조선이 이런 요구를 해요?"

"또 그런 표현을 쓰시네. 이보시오, 하나부사 대표. 분명하게 밝히지만 그 표현을 쓴 것을 언젠가는 후회하게 될 겁니다. 우리는 그대들의 억지주장으로 협상이 깨질 거란 예상을 하고 있었습니다. 그리고 우리를 협박할 거란 예상도요.

그래서 미리 그런 요구 사항을 명문화한 것입니다."

하나부사의 안면이 와락 일그러졌다.

"우리 때문에 협상이 깨질 걸 예상했다고요?"

"그렇습니다. 아니라고 우겨도 결과가 이렇지 않습니까? 그리고 임진왜란까지 거론하며 우리를 협박했고요. 아닙니까?"

대진이 맞는 말만 골라 하니 하나부사도 반박할 말이 없어졌다.

대진이 속내를 밝혔다.

"우리는 각자 나라를 대표해 이 자리에 앉았습니다. 그리고 국익을 위해 할 말을 했지요. 그러나 안타깝게도 선전포고까지 했군요. 서로에게 좋지 못한 모습만 보였고요."

하나부사가 한숨을 내쉬었다.

"후! 이 대표에게 사감은 없습니다."

"예, 저도 마찬가지입니다. 그러나 협상이 결렬되었으니 더 드릴 말씀이 없네요."

대진이 자리에서 일어났다.

"아쉽지만 오늘은 여기서 헤어져야겠습니다."

그러고는 대뜸 손을 내밀었다.

다음 권으로 이어집니다

# 꿈의 도약, 로크에서 하십시오
# (주)로크미디어에서 신인 작가를 모십니다

즐거운 세상, 로크미디어는 꿈을 사랑하고 도전을 두려워하지 않는 작가 분들의 참신한 작품을 기다리고 있습니다. 21세기 장르 문학계를 이끌어 갈 차세대 선두 주자 (주)로크미디어에서 여러분의 나래를 활짝 펴 보시길 바랍니다.

**모집 분야** 판타지와 무협을 포함한 장르 문학
**모집 대상** 아마추어 작가, 인터넷 작가
**모집 기한** 수시 모집
   **작품 접수 시 유의 사항**
     1. 파일명은 작가명_작품명.hwp형식을 갖춰 주십시오.
     1. 파일에 들어갈 내용은 다음과 같습니다.
        — 성명(필명인 경우 실명을 밝혀 주세요), 연락처, 이메일 주소
        — 제목, 기획 의도
        — A4용지 1장 분량의 등장인물 소개
        — A4용지 2장 분량의 전체 줄거리
        — 본문
     1. 작품이 인터넷에 연재되고 있다면, 게시판명과 사이트의 구체적이고 정확한 주소를 기재해 주십시오.

선택된 작품은 정식 계약 후 출판물로 간행되어 전국 서점에 유통됩니다.
작가 분은 (주)로크미디어의 전폭적인 지원하에 전속 작가로 활동하시게 됩니다.
※ 자세한 내용은 로크미디어 홈페이지(rokmedia.com)를 참조하세요.

(04167)서울시 마포구 마포대로 45 일진빌딩 6층
(주)로크미디어 편집부 신간 기획 담당자 앞
전화 : 02) 3273-5135
www.rokmedia.com    이메일 : rokmedia@empas.com